Bibi Maaß

Promille und Endorphine

Ein Kaleidoskop ironischer Geschichten im Jahres-Rhythmus

www.tredition.de

Verlag und Druck: tredition GmbH, Halenreie 40-44, 22359 Hamburg

ISBN
Paperback: 978-3-347-08594-7
Hardcover: 978-3-347-08595-4
e-Book: 978-3-347-08596-1

Bibi Maaß, geboren 1959, wuchs auf einem Bauernhof in Quickborn auf. Nach dem Abitur erhielt sie ein Begabten-Stipendium und studierte Germanistik, Politik und Philosophie in Freiburg und Wien. Anschließend absolvierte sie ein Volontariat beim Pinneberger Tageblatt und arbeitete danach 25 Jahre als Lokaljournalistin. Nebenher lebte sie ihr schauspielerisches Talent in einer Amateur-Theater-Gruppe aus, die sie mittlerweile leitet und für die sie eigene Stücke schreibt.

2011 hängte sie ihren Job als Journalistin an den Nagel und erfand sich als Entertainerin neu. Seit Ende 2013 macht sie Comedy. Als vermutlich einzige Comedienne Deutschlands tritt sie unter dem Motto »Mädelsabende« nur vor Frauen auf.

Sie ist verheiratet, hat zwei Kinder und lebt in Quickborn.

Inhalt

Moin Mädels,

mein Name ist Bibi Maaß. Ich mache Comedy für Frauen – nur für Frauen. Im Norden trete ich solo oder mit meiner Freundin Ina Twisselmann als Duo »Bibi & Ina« auf. Vielleicht kennt die eine oder andere uns bereits von einem unserer Mädelsabende und hat schon gemeinsam mit uns gelacht.

Nach den Auftritten werde ich häufig gefragt, ob es meine Gedichte und Texte irgendwo zum Nachlesen gibt. Das hat mich auf die Idee zu diesem Buch gebracht.

Hierin findet Ihr verschiedene Texte: kleine Glossen, Ausschnitte aus meinen Programmen, Gedanken und Gedichte. Sie sind so verknüpft und aneinandergereiht, dass sie eine Reise durch das Jahr ergeben. Wie bunte Splitter aus Gedachtem und Erlebtem ergeben sie ein Kaleidoskop meines Altweibersommers.

Vielleicht setzt Ihr euch mit diesem Buch und einem guten Wein in eine gemütliche Ecke, nehmt es mit in den Urlaub oder erfreut Euch daran als amüsante Bettlektüre. Wo auch immer, ich wünsche Euch viel Spaß beim Lesen, Vorlesen, beim Schmunzeln und Sinnieren.

Eure Bibi Maaß

1. Der Montag unter den Monaten

Ein neues Jahr hat begonnen. Zeit für einen Neuanfang.

Scheiße nur, dass das Jahr mal wieder mit Januar beginnt. Die Tage sind kurz, aber der Monat viel zu lang. Laut Kalender zählt er zwar ebenso viele Tage wie etwa März, Mai, Juli oder August, gefühlt sind es jedoch 42 – mindestens!

Die Geldbörse ist leer, das Konto überzogen. Jetzt rächt sich, dass ich beim Geschenke-Kauf zu Weihnachten so großzügig war und erfolgreich verdrängt hatte, dass im Januar die Versicherungen erbarmungslos mein Konto plündern.

Geplündert werden muss auch noch der Tannenbaum, der dieses Jahr hoffentlich endlich mal rechtzeitig zur Sammelstelle gebracht wird. Aber auf meine Familie ist ja kein Verlass. Ich befürchte, das Baumgerippe wird wieder wochenlang auf dem Rasen eingeschneit, um schließlich im Osterfeuer zu landen.

Nein, ich muss dieses Jahr planvoller angehen und meine guten Vorsätze auch tatsächlich umsetzen – dieses Jahr bestimmt. Ich gebe die Steuererklärung rechtzeitig schon im März ab (da wird das Finanzamt staunen), entfette endlich die Küchenschränke und räume den Schuppen auf. Ich beginne gleich jetzt im Januar damit, versprochen.

Natürlich nicht morgen, denn der Monat ist lang. Nach dem Weihnachtsstress habe ich mir erstmal eine Ruhepause verdient. Stichwort: Achtsamkeit. Darum entspanne ich morgen in der Sauna und nächste Woche lasse ich mich von der Kosmetikerin verwöhnen...

Ich sehe es schon kommen: In Anbetracht der gefühlten Länge des Monats verfalle ich wieder in alte Gewohnheiten, verschiebe Vorhaben von einem verregneten Tag auf den nächsten – und plötzlich ist der Januar dann doch wieder zu kurz gewesen.

Ach, ich hasse ihn, diesen Montag unter den Monaten.

Gar nicht so einfach, immer den richtigen Mittelweg zwischen der Erledigung unliebsamer Pflichten und der eigenen Entspannung zu finden, neudeutsch: „Work-Life-Balance". Millionen Fachleute und solche, die sich dafür halten, haben hierzu das Internet regelrecht zugemüllt.

2. Achtsamkeit

Es ist evident und unabänderlich: Die Kräfte lassen nach. Früher hat man einfach mehr weggeschafft. Mit Beginn des Altweibersommers erschlaffen nicht nur die Gesichtszüge, sondern auch die Kraft. Das hat allerdings sein Gutes: Man muss nicht mehr alles wegschaffen.

Das Zauberwort heißt: Achtsamkeit. Seit einigen Jahren macht dieser Begriff Furore, er ist mega in. Ich habe ihn gegoogelt und – Ihr werdet es nicht glauben — mehr als fünf Millionen Einträge gefunden. Wahnsinn!

Professoren, Doktoren, Therapeuten, Achtsamkeits-Trainer und selbsternannte Achtsame lassen sich auf Millionen Seiten über das Phänomen der „Care-Ethik" aus. Sie bieten Seminare, Wellness-Wochenenden, Videos und tausende von Tipps sowie Online-Kurse an, damit wir mit uns selbst achtsamer umgehen und im Gleichgewicht bleiben.

Ja, es gibt sogar ein Deutsches Fachzentrum für Achtsamkeit. Wer hätte das gedacht?

Auf dessen Internetseite heißt es beispielsweise: „Mit zunehmender Achtsamkeit reduzieren sich gewohnheitsmäßige, automatische und unbewusste Reaktionen auf das gegenwärtige Erleben, was zu einem hohen Maß an situationsadäquatem, authentischem und selbstbewusstem Handeln führt". Toll!

Da frage ich mich doch sofort, ob es „situationsadäquates authentisches Handeln" und somit überhaupt im Sinne der Achtsamkeit sein kann, den Küchenboden zu wischen? Ich verspüre ja keinen inneren Antrieb zu feudeln. Nie!

Auch hier weiß das Internet Rat: Man müsse die Achtsamkeit üben. Wer fleißig trainiere, nur das zu tun, was ihm guttut, versprechen einige Achtsamkeits-Spezialisten im Netz, der arbeite anschließend mit „tänzerischer Leichtigkeit" und „ohne irgendeine Anstrengung".

Das soll dann ja wohl auch für den Küchenboden und das Umgraben der Gartenrabatten gelten, wenn ich das richtig verstanden habe. Ich sehe mich schon mit tänzerischer Leichtigkeit einen Baumstumpf aus dem Erdreich buddeln und das Unkraut aus den Terrassen-Fugen kratzen. Bis dahin allerdings, glaubt man den Care-Ethikern im Netz, ist es ein langer Weg, Jahre können vergehen. Dann bin ich vielleicht schon 80.

Und wer bitte wischt inzwischen meinen Küchenboden?

Zum Putzen habe ich inzwischen ein zwiespältiges Verhältnis entwickelt. Was das Putzen angeht, bin ich regelrecht schizophren. Einerseits lege ich immer mehr Wert auf Sauberkeit und Ordnung – gleichzeitig habe ich immer weniger Lust zu putzen. Um diesen Widerspruch aufzulösen, rede ich mir ein: Wer immerzu nur putzt und aufräumt, der entfernt die Gemütlichkeit gleich mit.

3. Putze-Paula

Es gibt Frauen, deren Lebensinhalt das Putzen ist. In diese Kategorie gehört Putze-Paula. Unangekündigt taucht man bei ihr besser nicht auf, denn dann gerät sie sofort in Panik. Aber selbst wenn man sein Kommen Tage oder sogar Wochen vorher ankündigt, fällt Paulas Begrüßung immer etwas angespannt aus. Ihr erster Satz lautet stets: „Zieh doch bitte die Schuhe aus!"

Ich bin mir sicher, sie würde ihren Besuchern – selbst bei minus 15 Grad – am liebsten die Stiefel von den Füßen reißen und diese dann vor der Haustür in der Kälte deponieren.

Aber das Beste kommt noch, ihr zweiter Satz, der lautet jedes Mal: „Entschuldige die Unordnung". Welche Unordnung, bitte? Paulas Heim strahlt die Sauberkeit und Gemütlichkeit einer Möbelausstellung aus, irgendwie unbelebtes Terrain. Ich gehe sogar noch einen Schritt weiter und behaupte: Bei Putze-Paula kannst du, unbedenklich – auf dem Stubentisch – eine OP am offenen Herzen durchführen. Hygiene pur!

Aber dennoch ist es ihr immer noch nicht sauber genug. Ständig plagt sie ihr schlechtes Gewissen. Darum wird's bei Putze-Paula auch nie gemütlich. Als Besucher weiß man gar nicht, wo man hingucken soll, ohne dass sie sich schuldig fühlt.

Guckst du nach draußen, heißt es: „Ja, ich weiß, ich muss die Fenster mal wieder putzen." Schaust du nach unten, dann sie panisch: „Ach, ist da etwa ein Katzenhaar auf dem Sofa?"

Ja, Ihr werdet es nicht glauben, aber meine Putze-Paula hat tatsächlich eine Katze. Sie hat keinen Mann – aus verständlichen Gründen –, aber so einen Nackt-Kater mit Ganzkörper-Glatze. Ich glaube ja, diese Rasse haart gar nicht. Dennoch bin ich überzeugt, dass Paula sich jeden Morgen dieses arme Tier schnappt und es erstmal gründlich absaugt.

Das Gleiche würde sie sicher gern mit ihren Gästen tun, jedenfalls fühlt man sich so; man fühlt sich wie ein Störfaktor ihrer häuslichen Hygiene.

Nein, so wie Paula möchte ich nicht enden. Darum lebe ich seit geraumer Zeit nach der Devise: Putzen nur in homöopathischen Dosen – nur so viel, wie unbedingt nötig...

Jetzt muss ich prompt an eine Zuschauerin denken. Ich glaube es war in Bad Oldesloe. Jedenfalls kam im Anschluss an unser Programm (ich war mit Ina unterwegs) eine junge Frau auf uns zu und gestand, sie habe einen Putzfimmel.

4. Die Sauger-Queen

„Ich bin übrigens Putze-Paula." Die Frau, die uns bei einem Sekt an der Bar dieses Geständnis machte, war nicht älter als 35. Weiße, perfekt gebügelte Bluse, Faltenrock. Erwartungsvoll blickte sie uns nach dieser Offenbarung an. Aber was soll man antworten?

Egal. Unserer adretten Gesprächspartnerin kam es ohnehin nicht auf unsere Reaktion an. Sie suchte nur ein Opfer, dem sie stolz mitteilen konnte: „Ich habe mir gestern meinen dritten Staubsauger gekauft." Was sagt man wiederum dazu?

Auch egal. Denn der interessanten Mitteilung über den Erwerb eines dritten Saugers folgte ein schier nicht enden wollender Wortschwall. Wir erfuhren im weiteren Verlauf des Monologs allerlei Details über Vor- und Nachteile sämtlicher Staubsauger der unterschiedlichsten Hersteller: „Der beutellose Dyson v10 ist gut, aber nicht für jeden Zweck einem Gerät mit Tüte vorzuziehen", und „Akku-Sauger liefern bei nachlassendem Ladezustand schlechtere Saugergebnisse" oder „Miele hat ein neues Modell auf den Markt gebracht, das ich sehr empfehlen kann."

Dieses spannende, einseitige Gespräch – oder vielmehr dieser Vortrag dauerte gefühlt mehrere Stunden. In dieser Zeit hätte ich locker unser ganzes Haus dreimal durchsaugen können.

Putzen ist offenbar für alle, auch für junge Frauen ein Thema. Diese Erkenntnis habe ich aus Bad Oldesloe mitgenommen. Darum scheue ich nicht davor zurück, dem Kapitel „häusliche Hygiene" ein weiteres hinzuzufügen.

5. Tante Frieda kommt

Zu Ostern, das ist Familientradition, reist alljährlich Tante Frieda aus dem fernen Stuttgart an. Sie ist Schwäbin.

Nun stehen die Schwaben ja im Ruf, knauserig zu sein, aber das ist vielleicht nur ein böses Vorurteil – und ich möchte mich an solchen Vorverurteilungen hier nicht beteiligen.

Den Schwäbinnen eilt außerdem der Ruf voraus, sie seien ganz besonders penible Hausfrauen – und dieses Vorurteil muss ich mit dem Erfahrungsschatz zahlloser Besuche durch Tante Frieda bestätigen. Das ist mal Fakt.

Frieda stellt sogar die Putze-Paula in den Schatten. Zudem hat Frieda dieses hygienische Sendebewusstsein. Kaum am Karfreitag angekommen, beginnt sie wie ein Trüffelschwein Dreck aufzuspüren und spart nicht mit nützlichen Tipps zur Hygiene-Maximierung.

Als ich junge Mutter war, hat mich das bevorstehende Osterfest darum stets in Alarmbereitschaft versetzt. Mit Wischlappen, Feudel, Schrubber und Bürste zog ich schon Wochen vorher in den aussichtslosen Feldzug gegen Staub und Fett, gegen Flecken, Spinnweben und Schlieren.

In einem Jahr, ich erinnere mich genau, ließ ich vor Ostern sogar die Küche und das Wohnzimmer streichen –

extra für Tante Frieda. Aber natürlich erwies sich auch diese kostspielige Vorbereitung auf ihren Besuch als nutzloses Unterfangen. Denn, da kannst du machen, was du willst, das schwäbische Trüffelschwein findet immer was, über das es seinen Rüssel rümpfen kann.

Im Laufe der Jahre kühlte mein vorösterlicher Ehrgeiz darum nach und nach ab. Und ich durfte feststellen, damit tat ich Tante Frieda sogar einen Gefallen. Sie musste nicht mehr auf einen Stuhl steigen, um die dicke Staubschicht auf meiner Küchenlampe zu kritisieren, sondern konnte sich in Augenhöhe über den schrumpeligen Apfel in meiner Obstschale und meine rumpelige Speisekammer mokieren. Anders ausgedrückt: Meine schwäbische Tante fühlte sich so richtig wohl bei uns.

Dabei hätte ich es belassen können.

Aber im Laufe der Jahre – also mit Einsetzen des Altweibersommers – hat sich in meinem Kopf ein Strategie-Wechsel vollzogen. Er macht sich auf vielerlei Ebenen bemerkbar. Ich habe es mir nicht nur abgewöhnt, perfekt sein zu wollen, nein, ich empfinde inzwischen einen Mordsspaß daran, zu provozieren.

Darum verschiebe ich seit einigen Jahren meinen Frühjahrsputz auf die Zeit nach Ostern. Abgesehen von dem hübsch geschmückten Osterstrauß, sieht es an Karfreitag bei uns aus wie bei Hempels unterm Sofa. Gegen diese Unordnung ist Frieda machtlos, so viel kann sie in drei Tagen gar nicht kritisieren. Ihre nützlichen Hygiene-Tipps sind einer Frustration gewichen.

Das ist vielleicht der Grund, warum sie sich vergangenes Jahr mit den Worten verabschiedete: „Ich weiß nicht, ob ich nächste Ostern wiederkomme."

Jetzt warte ich auf Tante Friedas Entscheidung zu ihrer diesjährigen Reiseplanung. Erst im Anschluss entscheide ich, wann ich mit dem Frühjahrsputz beginne.

Ja, das Älterwerden zaubert nicht nur Falten ins Gesicht, es verändert auch Sichtweisen – und zwar nicht immer zum Schlechteren. Die Unsicherheit der jungen Jahre ist nach und nach einer wohltuenden Standfestigkeit gewichen. Wir wissen mittlerweile, wo wir im Leben stehen und haben es endlich aufgegeben, es allen recht machen zu wollen. Das fühlt sich so befreiend an, denn wir können endlich ohne schlechtes Gewissen ganz irre Dinge tun.

6. Das Paket

Vielleicht sollte man mal etwas ganz Verrücktes machen. Einen Brief schreiben zum Beispiel, oder noch verrückter: ein Päckchen verschicken. Total crazy, oder? Wer verschickt heute noch Päckchen?

Ich habe jedenfalls schon seit Jahren weder einen persönlichen Brief noch ein Geschenk per Post erhalten. Im Briefkasten landen nur noch Rechnungen. Und wenn der Paketbote klingelt, sind es Internet-Bestellungen meiner Nachbarn.

Das elektronische Zeitalter hat uns dieses besonderen Gefühls beraubt, das aufstieg, wenn wir ein Paket eines Freundes erhielten. Schon der Blick auf den Absender rief Erinnerungen wach und löste freudige Erwartungen aus: Was mag wohl darin sein? Andächtig wurde ausgepackt –

ganz langsam, Schicht für Schicht, um die Spannung zu steigern. Vergangenheit.

Heute enthalten Postsendungen immer erwartete Dinge, oft begleitet vom Ärger darüber, dass die Bestellungen zu spät eintreffen oder nicht der Vorstellung entsprechen. Dann müssen Aufkleber sortiert, Bestellnummer verglichen und das Klebeband gesucht werden. Schließlich steht man mit der ungeliebten Sendung in einer langen Schlange am Postschalter hinter all den anderen, die ihre Retouren loswerden wollen – ätzend!

Das passierte früher nicht. Ich habe jedenfalls niemals das Geschenk einer Freundin zurückgeschickt. Darum werde ich jetzt ein Päckchen für meine Freundin Friederike packen.

Zwei Optionen habe ich: Entweder bestelle ich im Internet und lasse es direkt an den Empfänger senden, oder ich mache es wie damals: Kaufe eine Kleinigkeit, verpacke sie nett, schreibe einen Brief dazu und stelle mich dann damit in der Schlange am Postschalter an.

Aber was soll ich verschicken? Da fragt man doch am besten das Internet. Es gibt unzählige Portale, die bei der Auswahl helfen. Ich finde Seiten mit Titeln wie: „originelle Geschenke", „Geburtstagsgeschenke", „exklusive Geschenke" „liebevolle Geschenke", „das perfekte Geschenk" und, und, und – Vorschläge aller Art für jeden Anlass und Geschmack.

Stundenlang klicke ich mich von Seite zu Seite, reise orientierungslos durch die bunte Konsumwelt und bin nach einer gefühlten Ewigkeit immer noch nicht schlauer. Unnütz verschwendete Lebenszeit. Genervt klappe ich meinen Laptop zu. Mein Kopf brummt. Ein Blick auf die Uhr verrät mir, ich habe summa summarum neun Stunden vergebens im Netz gesurft. In dieser Zeit hätte ich nach

München zum Shoppen fahren oder meine Freundin in ihrem 200 Kilometer entfernten Zuhause auf einen Kaffee besuchen können.

Genau das mache ich jetzt auch. Ich rufe sie an, quatsche ein gemütliches Stündchen mit ihr und vereinbare ein Treffen. Ich weiß auch schon, was ich ihr mitbringe: einen großen Strauß Tulpen.

So einfach ist das.

Schön, da bin ich doch schon beim nächsten Thema angelangt: der Freundschaft.

7. Ein Hoch auf die Freundschaft

Wenn ich meine Freundinnen nicht hätte, ich glaube, ich wäre schon mindestens zwei Mal geschieden – oder schlimmer: Ich säße hinter Gittern!

So eine Freundin ist nicht nur eine Freundin, sie ist gleichzeitig Therapeutin und Boxsack. Man kann bei ihr Frust und Aggressionen abbauen. Oft hilft ein kurzes Telefonat und die Mordgelüste gegenüber dem langjährigen Gatten sind wie weggeblasen.

Ein Hoch auf die Freundschaft und die Erfindung des Telefons. Es ist geradezu ein Segen, dass wir in unseren Freundinnen eine mitfühlende Ansprechpartnerin haben, und das Telefon immer griffbereit ist. Das spart Kosten für Therapeuten und Scheidungsanwälte – kostet aber Zeit.

Telefonate unter Frauen dauern im Schnitt 500 Mal so lange wie Gespräche unter Männern. Zum einen tauschen sich Männer nicht über ihre Gefühle aus (wenn sie überhaupt welche haben), zum anderen kommen Männer einfach schneller auf den Punkt – sie sind zielorientierter.

Ein Beispiel:

Horst ruft Andreas an: „Auf ein Bierchen?"

Andreas: „Jo!"

Horst: „20 Uhr im Krug?"

Andreas: „Jo". Ende der Durchsage.

Solch Telefonate führen wir Frauen nicht. Wir sprechen doch nicht über Bier. Wir tauschen uns über viel wichtigere Dinge aus. Ich habe mir mal die Mühe einer Selbststudie gemacht. Über vier Wochen habe ich von allen Telefonaten mit meinen Freundinnen Gesprächsprotokolle angefertigt. Das war mühsam, aber aufschlussreich. Schon allein die Themenwahl:

In 30 Prozent meiner Telefonate wurde über Ehepartner gesprochen (selten Positives). Noch öfter standen die Kinder im Fokus (häufiger Positives). Mit einem riesigen Vorsprung haben allerdings Gespräche über essenzielle Dinge des Daseins gewonnen. Zum Beispiel:

„Ich hab' gerade drei Maschinen Wäsche weggebügelt", „Ich müsste mal wieder den Küchenboden wischen" oder: „Ich habe den Kühlschrank ausgemistet."

90 Prozent all dieser relevanten Gespräche endeten mit dieser alles entscheidenden Frage: „Was kochst du heute?"

Die Quintessenz meiner repräsentativen Erhebung lautet: Frauen brauchen ihre Freundinnen, um Wertschätzung für erledigte Arbeiten zu erfahren. Das macht ja auch Sinn.

Wer, außer der guten Freundin, hätte dafür Verständnis? Der Ehemann etwa? Nein.

Als mein Mann gestern nach Hause kam, hab ich ihm freudestrahlend erzählt: „Du Liebling, ich hab' alle Küchenschubladen aufgeräumt und die Böden gewischt!" Darauf er: „Und ich hab' acht Stunden gearbeitet."

Sofort habe ich zum Hörer gegriffen und meine Freundin Ina angerufen – sonst wäre ich zur Mörderin geworden.

Ina ist seit ein paar Jahren mein Alter Ego

8. Ina, die Nadel im Heuhaufen

Meine Freundin Ina ist nicht nur meine Freundin, sie ist meine Busenfreundin und meine Bühnenpartnerin. Wir treten zusammen mit dem Comedy-Programm „Zickenkrieg" auf und touren in der Vorweihnachtszeit als »Bibi & Ina« mit unserer „Schrägen Bescherung" durch die norddeutschen Lande.

Dass wir uns gefunden haben, ist das Beste, was passieren konnte. Die Nadel in einem Heuhaufen zu finden ist leichter und wahrscheinlicher, als dass zwei so unterschiedliche Typen wie wir zusammenfinden. Wir teilen die gleichen Interessen und haben oft denselben Gedanken. Wir ticken sehr ähnlich. Um es auf den Punkt zu bringen: Wir sind zwei extrovertierte, nach Applaus und Bestätigung hungernde Altweiber.

Nach unseren gemeinsamen Auftritten werden wir oft gefragt, ob wir befreundet sind, wie lange wir uns kennen und wie wir uns gefunden haben. Inas Antwortet lautet dann: „Wir sind uns erst mit ü50 begegnet – und haben quasi von einem Tag auf den anderen eine dicke Freundschaft geschlossen." Strahlend fügt sie stets hinzu: „Wir hatten dieses seltene Glück und sind unendlich dankbar dafür."

Beide in Quickborn aufgewachsen, kannten wir uns als Kinder und Teenager nur vom Sehen. Später waren wir über gemeinsame Freunde locker bekannt. Der 60. Geburtstag eines Freundes brachte den Durchbruch. Auf der Feier kamen wir ins Gespräch. Ina interessierte sich für die Theatergruppe, die ich damals schon leitete, und ich bot ihr an, zur Probe zu kommen.

Der Funke sprang sofort über. Wir steckten uns gegenseitig mit dem Enthusiasmus für das Schauspiel, unserer Begeisterungsfähigkeit und Energie an. Wir waren aus demselben Holz geschnitzt: Zwei Altweiber, denen genug nicht genug ist, die mehr wollen, die einfach nicht für einen genügsamen Lebensabend vor der Glotze geschaffen sind. Sowohl auf der Bühne als auch privat harmonierten wir von Anfang an perfekt: Das Duo »Bibi & Ina« war geboren.

Seither bereichert diese Freundschaft unser beider Leben. Das gemeinsame Feuer erhält ständig neue Nahrung, wird durch kollektiv erlittenes Lampenfieber, lustige sowie peinliche Erlebnisse und unendlich lange Gespräche befeuert.

Zum Beispiel, wenn wir nach einem Auftritt in einem Hotelzimmer in Weiß-Gott-Wo sitzen. Bis über beide Ohren voll mit Adrenalin, ziehen wir uns gegenseitig auf, gackern über unsere Schwächen, philosophieren über das Leben, das Älterwerden und über unseren Hunger nach Leben und Applaus. Es sind diese Momente, in denen wir die ganze Welt aus den Angeln heben könnten. Momente, die wir mit jeder Faser genießen, und in denen wir uns ganz oft einfach in die Arme fallen.

Hierzu passt das Freundschaftsgedicht, das ich für Ina geschrieben habe. Wir zwei tragen es stets mit Freude und Gänsehaut im Anschluss an unseren „Zickenkrieg" auf der Bühne vor.

Ritze-Ratze

(ganz frei nach Wilhelm Busch)

Das Leben ist nicht immer leicht,
stets spielt uns irgendwer 'nen Streich.
Über sieben Brücken musst Du gehn,
immerzu, bleib nur nicht stehn.

Doch, um das Ufer zu erreichen,
geht so mancher über Leichen.
Du hingegen balancierst
und wunderst Dich, was dann passiert:

Denn das Schicksal, gar nicht träge,
das sägt heimlich mit der Säge,
Ritze-Rratze! voller Tücke,
in die Brücke — eine Lücke!

Und während andere drüber grinsen,
führt Dein Weg Dich in die Binsen.
Egal auf welchem Stuhl Du sitzt,
es gibt einen, der dran ritzt.

Und ist Dein Stuhl nicht angesägt,
stehst Du selber Dir im Weg.

Komm, steh auf, Du willst doch nichts versäumen:
Bau Schlösser Dir aus Deinen Träumen!

In dieses Wolken-Kuckuksheim
ziehst Du zwar leider niemals ein,
denn vorher – Ritze-Ratze!
kommt schon wieder so ein Fatzke,
der an einem Balken sägt
und Dein Schloss in Trümmer legt.

Doch Du machst immer noch nicht schlapp,
weil Du ja eine Freundin hast.

Die auf Schutt Dir Schienen baut,
Dich aus jedem Tief raushaut,
die Dich tröstet, wenn es schmerzt,
tapfer, Dir den Rücken stärkt.
Die mit Dir die Träume teilt
und Deine offenen Wunden heilt.

Auch wenn Du drohst, Dich zu verlieren,
drohst, am Leben zu erfrieren...
wird's in Eiseskälte warm,
nimmt sie Dich – in ihren ARM!

9. Wir kommen hier nicht weg

Jetzt, Ende des Winters, haben Ina und ich Hochkonjunktur. Mindestens zweimal pro Woche sind wir on Tour, entweder zu zweit, oder ich allein mit meinem Soloprogramm. Oft begleitet uns Lutz, unser Tour-Manager. Er schleppt die Technik, hilft beim Aufbau und umsorgt uns. Das Wichtigste aber: Er ist auf langen Fahrten unser Chauffeur. Welch ein Luxus, wenn ich mich nach einem Auftritt bequem in den Beifahrersitz sinken und das Erlebte mit einem Freund Revue passieren lassen kann.

Auf den Hinfahrten ist so ein Fahrer ebenfalls nützlich – zum Beispiel im Stau. Ach herrje, wie oft habe ich auf dem Weg zu einem Auftritt schon zitternd im Stau gestanden, oder musste kilometerweite Umleitungen wegen eines Unfalls auf der Autobahn fahren. Dabei immer die Angst im Nacken, zu spät zu kommen. Diese Panik, gepaart mit Lampenfieber, ergibt einen wenig entspannten Gesamtzustand des Nervenkostüms.

Gut, wenn ich dann Lutz dabeihabe. Er ist das reinste Beruhigungsmittel. Während ich im Verkehrschaos sekündlich nervös auf die Uhr blicke, sagt er nur: „Take it easy. Ohne dich können die nicht anfangen", schon sinkt mein Blutdruck auf ein erträgliches Maß.

Mein Tour-Manager ist immer die Ruhe selbst – fast immer. Neulich in Erfde durfte ich seine andere Seite kennenlernen: Die Hinfahrt verlief noch völlig unproblematisch. Pünktlich fuhren wir am Gasthaus vor. Drinnen im ausverkauften Saal herrschte bereits ausgelassene Stimmung unter den Mädels. Wir schleppten die Technik rein und bauten ruck-zuck auf. Alles lief wie am Schnürchen.

Während ich schon auf die Bühne tanze, parkt Lutz sein Auto um. Der überfüllte Parkplatz nötigt ihn, sein Fahrzeug ganz am Rand, direkt neben einem Graben, abzustellen. Böser Fehler!

Von dieser Katastrophe bekomme ich auf der Bühne nichts mit – erst in der Pause: Backstage kommt mir plötzlich ein verdreckter, schweißüberströmter Tour-Manager durch die Hintertür entgegen – auf seinem Arm vier Holzscheite: „Wir kommen hier nicht mehr weg. Der Wagen liegt auf." „Auf wem?", frage ich scherzhaft. Doch Lutz ist nicht zu Scherzen aufgelegt. Er glotzt mich mit Verzweiflung im Blick an: „Herrgott, ich habe mich festgefahren. Das Auto steckt knöcheltief im Matsch", poltert er, „mit der Beifahrer-Fußmatte und einem alten Gitter habe ich es schon versucht. Fehlanzeige! Im ganzen Ort ist kein Bauer aufzutreiben, der mich rausziehen könnte. Das Kaff ist menschenleer." „Und was hast Du mit dem Holz vor?", frage ich. Das habe er hinter dem Saal gefunden, einen ganzen Stapel. „Ich werde versuchen, die Scheite unter die Räder zu schieben, um das Auto zu befreien."

Ich kann ihm nur „viel Glück" wünschen und muss zurück auf die Bühne. Dort rattert der Satz „Wir kommen hier nicht wieder weg" durch meinen Kopf, während ich Lutz backstage leise fluchend mit Holzscheiten hantieren höre.

Auf ewig brauchten wir dann aber doch nicht in Erfde zu bleiben. Meinem Tour-Manager gelang es in der zweiten Halbzeit, das Auto zu befreien. Aber die Beifahrer-Fußmatte, ein alter Gitterrost sowie circa 27 Holzscheite lagern bis heute irgendwo im Erdreich hinter dem Gasthof – tief vergraben wie seine aufgebrachte Stimmung. Denn mittlerweile kann auch er über die Geschichte lachen.

10. Die geschenkte Hydra

Meine Freundin Elke hat mir vor zwei Jahren einen rotblühenden Rhododendron geschenkt. Ich hatte schon lange nach einem Strauch dieser Farbe gesucht, darum war meine Freude groß. Sie hielt allerdings nur einen Sommer an, denn den Rhododendron hatte Elke in ihrem Garten ausgebuddelt. Er war ein gärtnerisches Erbstück.

Dass er quasi gebraucht war, hatte meiner Begeisterung keinen Abbruch getan, das Problem war nur: Er kam nicht allein. Mit ihm wurde mir auch Giersch vermacht. Ein winziges Wurzelstück dieses weitverzweigten Ungeheuers muss sich bei der Umsiedlung in die Erde gemogelt haben. Im ersten Sommer bemerkte ich davon noch nichts. Aber dieses Jahr. Ich sehe nur noch Giersch. Rund um den Rhododendron Giersch – nichts als Giersch! Ich bin drauf und dran, Elke die Freundschaft zu kündigen.

Jeder, der den Giersch kennt, kann das nachvollziehen. Er ist ein Ungeheuer wie die vielköpfige Schlange aus der griechischen Mythologie: die Hydra. Wenn man ihr einen Kopf abschlägt, wachsen an dessen Stelle zwei nach.

Es ist ein ungleicher Kampf zwischen mir und der pflanzlichen Hydra entbrannt. Sie verfolgt mich bis in meine Träume, weil ich weiß: Ich kann nur verlieren.

Aber möchte ich eine Freundin und meine Freude am Garten verlieren, nur weil die Natur macht, wozu sie geschaffen ist: wachsen? Nein.

Ich versuche mich also damit abzufinden, dass ich die Hydra allenfalls eindämmen, nicht aber restlos beseitigen kann. Und demnächst lade ich Elke auf einen Kaffee ein – demnächst, wenn der Rhododendron blüht. Ich kann ja verzeihen.

Aber wehe, mir schenkt nochmal jemand eine Second-Hand-Pflanze aus seinem Garten!

Sich mit etwas abzufinden – da sollten wir ehrlich sein –, wird mit zunehmendem Alter nicht einfacher. Alle werden wir komplizierter, dünnhäutiger und schwieriger im Umgang. Wir nehmen nicht mehr alles hin – was seine Vorteile hat – aber auch Probleme generiert. Kurz gesagt: Während sich die eigenen Macken potenzieren, sinkt die Toleranz anderen gegenüber. Ich zum Beispiel hasse Besserwisserei.

11. Das Strecken-Orakel

Was ich auf den Tod nicht ausstehen kann, ist Besserwisserei. Also Leute, die anderen Vorschriften machen. Ja, ich bin ein Freigeist. Ich tauge in meinem Alter nicht mehr zur Befehlsempfängerin.

An mir beißt sich sogar das Navigationssystem die Zähne aus. Mit seiner samtweichen, freundlichen Stimme will mir dieses Strecken-Orakel ständig seinen Willen aufzwingen. Aber ich halte es mit dem österreichischen Philosophen Paul Watzlawick, der da schreibt: „Wer eigene

Wege gehen will, darf andere nicht nach dem Weg fragen."

Da kann Pythia noch so einschmeichelnd säuseln: „Jetzt links abbiegen, jetzt links abbiegen!", ich habe meinen eigenen Weg im Kopf, basta!

Meinen Mann auf dem Beifahrersitz treibe ich damit regelmäßig in den Wahnsinn. „Wozu hast du eigentlich so ein Ding, wenn du doch machst, was du willst?", fragt er entnervt. Und ich antworte: „Damit es mir Vorschläge macht, Vorschläge! Wenn ich allerdings eine Abkürzung weiß, die das Orakel nicht kennt, dann fahre ich dort entlang, ist doch logisch." Darauf er: „Das Ding kennt alle Wege – und vor allem die richtigen, aber du lässt dir ja nichts vorschreiben."

Genau, Liebling. Du weißt doch, ich hasse Besserwisserei!

Zu diesem Thema fällt mir eine weitere Geschichte ein.

12. Besserwisser-Betty

Mit fortschreitendem Alter sollten wir uns Gedanken über die Zukunft machen. Jetzt stellt sich die Frage: Wie gestalten wir unsere Restlaufzeit? Wie geht's weiter? Wie wollen wir heute und morgen leben, bevor wir übermorgen beim Senioren-Kaffee der Arbeiter-Wohlfahrt abhängen?

Ich liebäugle seit geraumer Zeit damit, in eine Alten-WG zu ziehen. Das stelle ich mir ganz schön vor: Nicht jeden Abend mit dem Göttergatten schweigsam vor dem Fernseher sitzen – und mit dem Kochen könnte man sich auch abwechseln.

Vergangenes Jahr habe ich darum die Probe aufs Exempel gestartet: Im September haben wir mit Freunden ein Haus in Dänemark gemietet. Eine Woche Alten-WG auf Probe.

Das war recht lustig, anfangs, aber nur bis zu dem Abend, als ich mit Betty für das Abendessen eingeteilt war. Eine Gemüsepfanne sollte es geben.

Ich stehe also dort in dieser schmalen, dänischen Küche und schneide den Porree. Plötzlich spüre ich Bettys kritische Blicke auf mir ruhen – dazu so eine negative Energie, die von ihr ausgeht. Sie macht mich ganz nervös. Was hat sie nur...?

Kurz darauf erhalte ich in scharfem Ton die Antwort: „Wie schneidest du denn den Porree? Den muss man erst in Längs-Richtung aufschneiden, dann quer – sonst bleibt ja der ganze Dreck drin!" Okay.

Um Besserwisser-Betty nicht weiter zu reizen, schneide ich artig die Porree-Stangen längs auf, halte sie unter den laufenden Wasserhahn und schnipple dann in vertikaler Richtung weiter.

Anschließend ist die Paprika an der Reihe. Bei der Paprika kann man ja wenig falsch machen – aber von wegen! Betty beobachtet mich abermals durchdringenden Blickes. Wieder spüre ich ihr strenges Unbehagen. Schließlich kann sie nicht mehr an sich halten: „Ist dir eigentlich klar, dass die Schale der Paprika schwer verdaulich ist? Darum entferne ich sie immer vorher mit einem Sparschäler!" „Ich nicht!", entgegne ich scharf, „und stell Dir vor, meine Familie ist bisher nicht an Verstopfung krepiert."

Seit diesem Abend in Dänemark hat sich mein Verhältnis zu Betty stark abgekühlt. Und mir ist klar geworden: Mit dieser Besserwisserin ziehe ich auf keinen Fall in eine Alten-WG. Mit solch einer Klugscheißerin möchte ich nicht meinen Lebensabend verbringen.

Ich glaube, es wird eh schwierig, sich ab einem bestimmten Alter noch an die Macken der anderen zu gewöhnen. Man hat ja mit den eigenen Spleens genug am Hals. Machen wir uns nichts vor: Wir sind einfach nicht mehr kompatibel.

Man stelle sich nur mal vor, so eine Chaotin wie ich wohnt mit Putze-Paula und Besserwisser-Betty unter einem Dach. Das wäre der blanke Horror für alle Beteiligte.

Ich könnte es noch weniger ertragen, wenn sich jemand in die Gestaltung meines geliebten Gartens einmischt. Ich höre mir zwar gern gärtnerische Tipps an und lasse mir bei schwerer Arbeit helfen, aber was wo angepflanzt wird, entscheide ich. Mein Garten ist mir eine Herzensangelegenheit – ganz besonders jetzt, im erwachenden Frühling.

13. Frühlingsboten

Frühling, die schönste Zeit des Jahres beginnt. Fröhlich zwitschern Meise, Amsel und Co. Ich platziere für meine gefiederten Freunde Tränken im Garten und hänge Nistkästen auf.

Im Frühling unseres Lebens waren wir um diese Jahreszeit emsig wie die Vöglein damit beschäftigt, uns herauszuputzen und zu tun, was die aufkeimenden Hormone von uns verlangten. Lang, lang ist's her.

Jetzt, im Altweibersommer unseres Lebens, sitzen wir im Frühling andächtig draußen, lauschen dem Brautwerben der Vögel, beobachten mit einem Lächeln die Drossel, die fröhlich ein Bad nimmt, oder die Meise beim Nestbau. Auch die Bienen, die fleißig die Blütenkelche unserer sorgsam aufgezogenen Blumen anfliegen, bieten uns ein Schauspiel, das wir innerlich mit Applaus bedenken.

Aber bei Schnecke, Blattlaus und Spinnenmilbe hört die Freundschaft auf. Diese Geschöpfe Gottes rufen unsere dunkle Seite wach. Waren wir als Lauscher des munteren Vogelgezwitschers noch ganz mit der Natur eins, befällt uns beim Anblick eines gefräßigen Schleimers, der unsere zart ausgetriebene Dahlie in nur einer Nacht in ein trauriges Gerippe verwandelt, die pure Mordlust. Ja, einige von uns schrecken nicht davor zurück, ihn mit der Garten-schere grausam zweizuteilen. Igitt! Andere ziehen für die-sen Pflanzenmörder den Erstickungstod vor, indem sie ihn einsammeln und mit Artgenossen in einer Plastiktüte luft-dicht einknoten. Auch Rache in Form von Schneckenkorn ist uns Naturliebhabern durchaus nicht fremd.

Freilich, die Sensiblen unter uns Gartenfreunden werden danach schon mal von Schuldgefühlen heimgesucht, aber schließlich halten wir es alle mit Charles Darwin: fressen oder gefressen werden. Und weil die Nacktschnecke be-kanntlich keinen natürlichen Feind in unseren Breitengra-den hat, müssen wir für eine natürliche Auslese sorgen. Danach geben wir uns wieder friedlich der Beobachtung der Bienen hin.

Ach, wie schön ist doch der Frühling.

Haben wir nicht alle so eine dunkle Seite? Mein In-nenleben jedenfalls beherbergt in einer finsteren Ecke diesen eingebauten Widerstands-Impuls, der sich auch in Bezug auf meine Ehe gelegentlich be-merkbar macht. Eigentlich ein ganz friedliebender Mensch, schaltet sich die Rebellin in mir immer wieder ungefragt zu. Ich bin hin- und hergerissen zwischen: „Es lebt sich angenehm so in Symbiose mit meinem Mann" und „Ich kann auch anders!"

14. Auf das Gefühl ist kein Verlass

Ja, es lebt sich warm und sicher in Symbiose. Das verliert man jedoch allzu oft aus den Augen. Denn: Auf das Gefühl ist kein Verlass. Ich jedenfalls habe mein emotionales Chaos bis heute nicht im Griff – es ist und bleibt ein ständiges Auf und Ab. Typisch Frau, oder? Männer ticken ganz anders.

Ob Männer überhaupt Gefühle haben? Ich weiß nicht. Wenn ja, dann sind sie klarer, irgendwie eindeutiger als mein ständiges emotionales Chaos. Im Ernst: Ich kann meinen Mann leichter durchschauen als mich selbst. Er ist so viel genügsamer!

Wenn ich auf einem Spaziergang an einer Weide mit Rindern vorbeikomme, muss ich unweigerlich an ihn denken. Wie die Rindviecher dort so entspannt grasen, sich gemütlich niederlegen, wiederzukäuen, Methangas auszustoßen, sich dann bedächtig erheben und zufrieden weiter grasen – das ist so ein friedliches Bild. Aber ich passe in dieses Bild einfach nicht rein, obwohl ich es mir oft wünsche.

Ich will ja immer alles und noch viel mehr. Genug ist mir nicht genug. Ich bräuchte eigentlich zehn Leben – wenn das überhaupt ausreichte.

Mein Mann – dort auf seiner grünen Weide – versteht das nicht. Das wiederum kann ich verstehen, denn ehrlich: Ich verstehe mich ja selbst nicht. Zum Beispiel in Bezug auf die Liebe:

Also, manchmal liebe ich meinen Mann und manchmal liebe ich ihn weniger, irgendwie anders.

An guten Tagen wache ich morgens selbstzufrieden auf und denke: Alles ist prima. Ich habe einen Mann, den ich liebe, zwei fantastische Kinder, einen Schrank voller Schuhe, ein Haus und einen tollen Job. Ja, ich lebe warm und sicher in Symbiose.

Am nächsten Morgen wache ich ohne erkennbaren Grund mit einem ganz anderen Gefühl auf und frage mich: Wie hast du es mit dem Kerl eigentlich 30 Jahre ausgehalten?

An solchen Tagen könnte ich mich auf der Stelle scheiden lassen. Aber bevor ich den Termin beim Anwalt klar machen kann, kommt mir prompt wieder einer dieser guten Tage dazwischen.

Neulich zum Beispiel: An einem emotional rabenschwarzen Montag brachte mein Mann mir eine Packung „Mon Cheri" mit. Pralinen statt Blumen, ich fühlte mich abgespeist.

In meinem Frust habe ich die Schachtel sofort aufgerissen und mich erst durch die obere Reihe, dann durch die mittlere und schließlich durch die untere Reihe gefuttert. Kurzum: Ich habe die ganze Schachtel leer gefressen. Danach ging es mir prima.

In meiner Mon-Cheri-Euphorie wäre ich am liebsten über ihn hergefallen, um mich für meine Trennungs-Gedanken zu entschuldigen.

Solche Zweifel und Schuldgefühle befallen mich in Bezug auf meinen Mann immer wieder.
Liegt das an ihm oder an der Unberechenbarkeit meiner Gefühle?

15. Meine weinrote Unterhose

Mein Mann fügt sich inzwischen so harmonisch in unsere Wohnlandschaft ein, ich nehme ihn manchmal gar nicht mehr wahr. Naja, der Fernseher läuft, dann ist er ja wohl anwesend.

Mein Mann ist wie meine weinrote Unterhose. Der Schlüpfer ist am Bündchen schon etwas ausgeleiert und an der Seite löst sich langsam die Naht, aber er hat sich im Laufe der vielen Jahre so perfekt an meine Rundungen angepasst, er rutscht mir wenigstens nicht in die Po-Ritze.

Eigentlich gehört der olle Schlüppi schon lange auf den Müll, aber dann liegt er wieder frisch gewaschen in der Schublade, und ich denke mir: Na, einmal kannst du ihn ja noch anziehen.

Und danach?... in den Müll damit?

Also, mir widerstrebt es irgendwie, eine getragene Unterhose in die Tonne zu werfen – darum ab damit in die Waschmaschine. Und frisch gewaschen landet er dann wieder in der Schublade. Herrje, es ist ein ewiger Kreislauf.

Wie gesagt, so geht es mir auch mit meinem Mann: Immer, wenn ich an Trennung denke, frischt unsere Beziehung plötzlich wieder auf, und ich habe erneut ein schlechtes Gewissen.

Denn einen Vorteil hat er ja: Er rutscht mir nicht in die Po-Ritze!

Apropos Schuldgefühle: Gestern rief Tante Frieda an. Sie kommt nicht zu Ostern. Sie ist krank, sie hatte einen Herzinfarkt. Jetzt habe ich ein schlechtes Gewissen. Mein Verstand weiß zwar, dass ich ihr Herzleiden nicht mit meiner provozierenden Unordnung hervorgerufen habe, trotzdem fühle ich mich schuldig.

Nach Tante Friedas Absage habe ich übrigens meinen Frühjahrsputz auf kommendes Jahr verschoben und über Ostern eine Ferienwohnung an der Ostsee gebucht.

Am frühen Ostermontag bin ich allein am Strand spazieren gegangen und habe eine Kolonie Kaninchen beobachtet. Daraufhin ist folgendes Gedicht entstanden ist.

Mümmelmann

Bodo Mümmelmann und Rita, seine Mümmelfrau,
sind ein Paar seit – weiß ich nicht genau.
Kinder haben sie wohl hundertdreißig
was das angeht, sind Mümmels ja recht fleißig.

Fünf, sechs Mal im Jahr, sagt die Statistik,
treibt er mit ihr dafür Gymnastik.
Statt Langeweile – Rumgegammel
wird bei Mümmels oft gerammelt.
Bodo findet's super-toll,
doch Rita hat das Schnäuzchen voll:

„Ständig muss ich Kinder kriegen,
immer muss ich unten liegen,
das kann's doch nicht gewesen sein,
ewig hör' ich Kinder schrei'n!"
„Lass uns mal was andres machen",
bittet sie den Mümmel-Gatten,
„Du könntest Dir ein Trimmrad kaufen,
und ich – ich fange an zu laufen."

Mümmelmann, der lacht sich schlapp:
„Ich rammle nicht auf einem Rad,
vergeude keine Energie,
so wie der Mensch in seiner Trimm-Dich-Hysterie.

Mein liebes, süßes Hasen-Puschel,
lass uns man lieber wieder kuscheln.

Du kannst von mir aus oben liegen,
für dich will ich mich gern verbiegen."

Doch Rita lässt den Bodo schmachten
und auf dem Sofa übernachten.
Die Zweisamkeit ist ruiniert,
Mümmelfrau emanzipiert.

Zu Ostern ist sie abgehauen
mit 30 andren Mümmelfrauen.
Wellness haben sie gebucht,
am Ostsee-Strand, in einer Bucht.

Vier Wochen gibt es Low-Carb-Fraß,
mit Blütentee und Ananas.
Die Weiber lassen sich verwöhnen,
Fell und Öhrchen sich verschönen.

Dann geht's zurück nach Haus zum Mann,
ausgeruht — and fit for fun!
Rita kriecht in ihren Bau,
ruft: „Ich bin's — Deine Mümmelfrau!
Bodo, lass uns Liebe machen,
wir lassen es so richtig krachen!"

Ohne Antwort, ohne Warnung,
beschleicht die Häsin eine Ahnung,
kurz bekommt sie keine Luft,
sie wittert einen fremden Duft.

Was erst erahnt, ist bald gewiss,
Mann hat sie hier nicht lang vermisst.
Denn Bodo liegt — statt mit der Mami —
im Nest mit einem Playboy-Bunny.

Der Mümmel-Mann hat sich gekrallt,
ein junges Ding — fast halb so alt,
mit einem Näschen, einem roten,
Angora-Fell und Stöckel-Pfoten.

Rita ist zu Recht empört,
was Mümmelmann nur wenig stört.
Er ruft ganz laut und ungeniert:
„Ich bin jetzt auch emanzipiert!"

16. Wieder schnappt die Falle zu

Diese Mümmels sind ja irgendwie zu beneiden. Dazu fällt mir ein Zeitungsbericht ein, den ich neulich gelesen habe: Einer Studie zufolge sollen Männer viel häufiger erotische Fantasien haben als Frauen. Bestätigen kann ich das aus eigener Erfahrung so pauschal nicht. Allerdings stand in besagtem Bericht auch nicht, welche Altersgruppe untersucht worden war. Es wurde hingegen berichtet, dass nur ein geringer Prozentsatz der Befragten seine Fantasien auslebt. Daraufhin habe ich mich kritisch selbst befragt und bin zu dem Ergebnis gelangt: Ich lebe meine erotischen Fantasien – jedenfalls teilweise – literarisch aus. Aber nicht nur die, sondern auch meine emanzipatorischen Gedanken:

Klar, bin ich emanzipiert. Das ist bei mir erblich. Meine Mutter ist gegen den Paragrafen 218 auf die Straße gegangen, und ich habe als junge Frau in lila Latzhosen öffentlich meine Büstenhalter verbrannt. Ist also Ehrensache, dass ich eine Anhängerin des Feminismus bin. Bei genauerer, selbstkritischer Betrachtung bin ich aber vielleicht eher ein 'Anhängsel'. Denn der Kampf für die Gleichberechtigung der Geschlechter wurde nach der Geburt meines ersten Kindes in den Erziehungs-Urlaub geschickt. Die Falle schnappte zu.

Befeuert durch Mutter-Hormone, widmete ich mich mit ganzem Herzen der Aufzucht meiner Brut. Ich mutierte zur Tupper-Tante.

Selbstverständlich bezog ich auch meinen Mann in die Suche nach den passenden Deckeln zu den Tupper-Schüsseln ein. Als moderner Mann zierte er sich nicht, seinen Nachwuchs zu wickeln, den Kinderwagen durch die Stadt zu schieben und Grundsatzdiskussionen über die richtige Erziehung zu führen.

Ich, als seine moderne Ehefrau, arbeitete weiter als Journalistin, organisierte die Kinderbetreuung, kochte Essen, hielt die Bude einigermaßen sauber, kümmerte mich um den Garten und schrieb Artikel. Ich bewältigte mehrere Mammut-Aufgaben parallel.

Als die Kinder dann aus dem Gröbsten waren (das sind sie ja aber eigentlich nie), musste ich mich erneut emanzipieren – dieses Mal von meiner Familie.

Der Wortbedeutung nach heißt Emanzipation: sich aus der Abhängigkeit von jemandem zu befreien. Ich musste mich also von meiner Familie unabhängig machen. Das war ein langwieriger und schmerzhafter Prozess, denn, wie sage ich immer auf der Bühne: „Einmal Glucke, immer Glucke – auch wenn ich schon lange keine Eier mehr ausbrüte."

Ich musste Verantwortung abgeben. Dazu war es zwingend notwendig, meine unterschiedlichen Rollen auf ihre Zukunftstauglichkeit zu überprüfen: Welche meiner Funktionen als omnipotente Hausfrau, Mutter, Ehefrau, Tochter, Schwiegertochter, Journalistin und Geliebte waren noch sinnvoll, welche hatten sich überlebt? Gar nicht so einfach.

Die Kinder wollen nicht mehr umsorgt sein, Eltern, Schwiegereltern und der eigene Gatte aber sehr wohl. Mit zunehmendem Alter verlangt er nach immer mehr Aufmerksamkeit. Und schon schnappt die Falle wieder zu.

Kaum sind die Kinder aus dem Haus, schüttelt man ihm die Sofakissen auf und verwöhnt ihn. Ein fataler Fehler. Denn so ein Mann, der nimmt diese Fürsorge nur allzu gern als Selbstverständlichkeit hin. Schnapp!

Wer nicht als Gatten-Glucke enden will, muss sich also erneut emanzipieren. Denn so viel steht fest: Der Mann wird sich nicht von uns emanzipieren. Diese Arbeit bleibt wieder an uns hängen. Ich rackere mich an diesem Problem schon seit Jahren ab.

„Ohne erkennbaren Fortschritt", sagt Ina. Als meine Busenfreundin, die zur schonungslosen Offenheit neigt, und meinen Unabhängigkeits-Kampf kritisch begleitet, bescheinigt sie mir zwar ein „emanzipiertes Mundwerk". Aber: „Ja, reden kannst du wie eine Emanze, aber was deinen Mann angeht, bist du ein Bilderbuch-Frauchen aus den 50er Jahren. Fehlt nur die gestärkte Schürze." Auf der Bühne sei ich die selbstbestimmte, selbstbewusste Frau – zu Hause hingegen die Gatten-Glucke, so Ina.

Recht hat sie. Das weiß ich. Zu Hause schüttle ich brav die Sofakissen auf – auf der Bühne lasse ich die Sau raus. Meine Freundin Birgit ist der Meinung: „Mit Comedy rettest du deine Ehe." Auch sie hat recht.

Psychologisch betrachtet ist es wohl so: Ich mache Comedy, um meine Probleme öffentlich aufzuarbeiten. Ich therapiere mich vor Publikum selbst. Literarisch und mit meinem Mundwerk bin ich der Realität immer einen Schritt voraus – nicht nur, was meine erotischen Fantasien angeht.

17. Der Sachverständigen-Rat

Apropos erotische Fantasien: Mein Freund und Tour-Manager Lutz quengelt, ich solle diesbezüglich endlich auf den Punkt kommen. Er äußert als Mitglied meines Buch-Projekt-Teams seine unmaßgebliche Meinung.

Ja, so ein Buch schreibt sich nicht von selbst – und vor allem schreibt es sich nicht allein im stillen Kämmerlein. Ich jedenfalls brauche hierzu Kritiker, Korrektoren und Antreiber. Ich brauche den lebendigen Austausch und habe das unverschämte Glück eines fachkundigen Freundeskreises. Lutz als gestrenger Klugscheißer, der gern den Rotstift ansetzt, Ina als Frau Oberlehrerin, die mich mit Zuckerbrot und Peitsche auf Kurs hält, sowie meine beste Freundin Birgit. Sie ist mein Fan der ersten Stunde und kennt mich in- und auswendig. Birgit fällt in diesem Team die Aufgabe der Probe-Leserin zu. Mein Mann, der Vierte im Bunde, ist schließlich für das Layout und den Seiten-Umbruch zuständig. Zusammen bildet das Quartett meinen literarischen Sachverständigen-Rat. Geballte Kompetenz. Jeder mit einer eigenen Meinung. Mit Vehemenz geben alle vier ihren Klacks Senf noch obendrauf. Problem: Ihre Meinungen sind so gut wie nie deckungsgleich.

Welch ein Glück, solch fachkundige Freunde zu haben. Sie sind genauso wichtig wie Kritikfähigkeit, Zähigkeit und ein ganz dickes Fell. Und am Ende ist es wie im wahren Leben: Man kann es nicht allen recht machen.

Und jetzt quengelt Lutz schon wieder, ich solle kon-
kreter über meine erotischen Fantasien schreiben.
„Das wollen die Mädels doch lesen", so sein Argu-
ment. Ich glaube ja, dahinter steckt seine eigene
Neugier. Darum lasse ich ihn noch ein wenig
zappeln. Mir liegt zunächst ein anderes
Thema am Herzen.

18. Sekundenkleber

„Lass mal, das kriege ich schon allein hin!" Ich weiß nicht, wie oft ich diesen Satz gesagt habe. Fakt ist: Ich habe ihn tausend Mal öfter gesagt als: „Kannst du mir bitte helfen?"

Ich gehöre zu diesen Idiotinnen, die alle Verantwortung gierig an sich reißen, die immer „hier!" schreien, wenn etwas zu erledigen ist. Ich habe unzählige Kuchen für das Kuchenbuffet im Kindergarten gebacken, bei gefühlt hundert Umzügen von Freunden mit angepackt, unseren Garten umgegraben und Kotze aufgewischt. Wenn sich ein Kind übergeben musste, stand ich mit dem Feudel parat. Meinem Mann wollte ich diese Arbeit nicht zumuten. Für Kotze und dergleichen fühlte ich mich allein zuständig.

Schön blöd, denn Verantwortung ist wie Sekundenkleber. Hat man sie einmal übernommen, klebt sie bombenfest an deinen Händen. Du wirst sie nicht mehr los.

Anfangs merkt man davon nichts, ist sogar stolz darauf, alles im Griff zu haben und unabkömmlich zu sein. Darum klebt man sich mehr und mehr Verantwortung an die Backe. Wie blöd kann man eigentlich sein?

Das nähere Umfeld nimmt diesen Eifer natürlich irgendwann als selbstverständlich und stellt immer höhere Ansprüche. Nach dem Motto: „Mutti macht das schon", versuchst du auch diese Forderungen zu erfüllen. Damit gräbst du dir deine eigene Falle – und fühlst dich eines Tages vollkommen überfordert.

Mir ist es so ergangen. Ich saß in dieser Zwickmühle fest. Alles wurde mir zu viel, ich wurde immer unzufriedener. Eines Tages wurde mir klar: So geht es nicht weiter. Aber wo war der Ausweg?

Es ist noch gar nicht so lange her, in einer Phase, als mir mal wieder alles über den Kopf wuchs, ich auf dem Zahnfleisch kroch und am liebsten nur noch geheult hätte: In dieser Situation waren plötzlich meine Freunde zur Stelle. Birgit bot sich an, meine Einkäufe zu erledigen, Lutz sagte kurz und knapp: „Du fährst nicht allein, ich kutschiere dich nach Struckum", und Ina besorgte mir einen Gärtner.

Endlich ging mir ein Licht auf: Den Sekundenkleber kriege ich nicht allein von den Fingern. Ich muss mir helfen lassen, muss um Hilfe bitten. Das habe ich gelernt – und feststellen dürfen: Alle meine Freunde unterstützen mich gern. Sie fühlen sich durch meine Bitten nicht ausgebeutet. Im Gegenteil: Sie fühlen sich wertgeschätzt. Indem ich sie um einen Gefallen bitte, traue ich ihnen zu, es gut zu machen. Und alle Unternehmungen, bei denen der eine den anderen unterstützt, sind kollektive Erlebnisse und werden später zu gemeinsamen Erinnerungen.

So habe ich gelernt, um Hilfe zu bitten – zwar spät, aber immerhin. Seither kommt es nur noch selten vor, dass mir alles über den Kopf wächst. Stattdessen lache ich mit Freunden über gemeinsame Erlebnisse oder wir sind einfach nur stolz, gemeinsam etwas durchgestanden zu haben.

Nun ist aber Schluss mit den Selbst-Reflexionen. Es ist darüber inzwischen Mai geworden. Zeit, auf andere Gedanken zu kommen: raus in den Garten.

19. Gefühlsecht

Der Mai ist gekommen, die Hormone spielen verrückt: In meinem Fall die Garten-Hormone. Wie magnetisch zieht es mich in die Beete. Ich blühe auf. Meine Stimmung steigt, mein Gesicht nimmt eine gesunde Farbe an, meine alten Knochen freuen sich über Bewegung. Einzig meine Hände leiden. Mich braucht während der Gartensaison niemand in ein schickes Restaurant oder gar in die Oper einzuladen, denn meine Hände sind einfach nicht vorzeigbar.

Immer wieder nehme ich mir vor, bei der Gartenarbeit Handschuhe zu tragen – aber vergeblich. Zwar beginne ich Pflanz- und Unkrautvernichtungs-Aktionen stets mit Handschuhen, aber es vergehen meist nur wenige Minuten und schon wühle ich wieder ungeschützt im Erdreich. Gefühlsecht sind eben nur bloße Hände.

Sie sind das perfekte Gartengerät: vielseitig wie ein Schweizer Taschenmesser. Sie können zupfen und ziehen, graben und hacken, knipsen, knicken, reißen und bohren. Die Fingernägel agieren kontrollierter als jede Spitzhacke, Zeigefinger und Daumen präziser als eine Pinzette und die ganze Hand besser als eine Kneifzange.

Eine wunderbare Erfindung, unsere Hände. Nur leider sehr dreckempfindlich.

Während der Gartensaison kann ich meine Hände jedenfalls nicht in einem feinen Restaurant zeigen. Es heißt zwar, Hände begucken gibt Streit, aber ich kann ja niemandem verbieten hinzugucken.

Wenn ich aus dem Garten komme, sind sie regelmäßig schwarz, meine Unterarme zerkratzt und zerstochen, ein Daumennagel eingerissen, der andere ganz abgebrochen, die Nagelhaut zerfleddert sowie leicht grün verfärbt. Morgen bildet sich am Mittelfinger garantiert eine Nagelbettentzündung, weil ich zum Beschneiden der Rosen wieder auf Handschuhe verzichtet habe. Intensives, kräftiges Schrubben der Hände erzielt nicht den gewünschten Erfolg – im Gegenteil: Der Dreck verdichtet sich in den Nagelecken und die Haut wird zum Reibeisen; so rau, dass sich in den Schwielen Schmutz absetzt.

Einladungen an mich also bitte erst wieder ab Oktober, anderenfalls komme ich mit Handschuhen.

Ausgerechnet jetzt beginnt aber die Grillsaison und die Zeit der Sommerfeste. Selbstverständlich schlage ich die Einladungen zu den zahlreichen Garten-Partys nicht aus, dazu bin ich viel zu vergnügungssüchtig und neugierig. Scheiß doch auf die ramponierten Fingernägel!

20. Paradiesvogel unter Graugänsen

Neulich waren wir bei den Müllers zum Gartenfest eingeladen. Die Müllers sind entfernte Bekannte von uns. Ich war noch nie bei ihnen zu Hause, darum umso gespannter.

Frau Müller, das sei vorweggesagt, ist so eine ganz Perfekte. Eine, die schon vor dem Aufstehen aussieht wie aus dem Ei gepellt. Ich habe sie noch nie herzlich lachen gehört, sie drückt ihr Vergnügen immer eher durch ein zartes Lächeln aus, denn sie bewahrt stets Contenance. Aber wie gesagt, ich kenne sie ja kaum. Umso gespannter war ich auf ihren Garten und das Müllersche Haus.

Und ich wurde nicht enttäuscht.

Die Dame des Hauses begrüßte uns in einem hellgrauen Etui-Kleid und führte uns auf eine in modernem Betongrau gefliese Terrasse mit geflochtener Sofa-Lounge. Die anderen Gäste waren schon zugegen. Alle in farblich gedeckter, hochwertiger Freizeit-Kleidung. In meinem bunten Sommerrock (ohne Handschuhe!) kam ich mir vor wie ein Paradiesvogel unter Graugänsen.

Bevor der Aperitif serviert wurde, führte uns Herr Müller mit stolzgeschwellter Brust seinen neuen Multi-Fuktions-Grill im Detail vor, und seine Frau wies ihre Gäste en passant darauf hin, welch Vermögen die Neuanlage ihres Gartens verschlungen habe. Die im zarten Grau gehaltenen Granit-Stele, so unsere Gastgeberin, seien keine Billigware aus China, sondern ein Direktimport aus Italien. Dies gelte im Übrigen auch für das weiß schimmernde Kiesbeet.

Auch den Rasen, flocht ihr Gatte ein, hätten sie ganz neu angelegt und vergrößert. Ein Schaufelbagger habe die Beete und das alte, von Unkraut durchwirkte Grün abgetragen, dann sei Qualitäts-Rollrasen verlegt worden.

„Wir wollten unseren Garten grün und übersichtlich gestalten", erläuterte die Müllersche ihr Konzept. „Na, das ist ja gelungen", hörte ich daraufhin einen Gast sagen. Hatte ich einen ironischen Unterton vernommen? Ich blickte mich nach ihm um. Nein, kein verschmitztes Lächeln auf seinen Lippen. Die Ironie hatte ich mir wohl nur eingebildet. Schade.

Der weitere Abend verlief durchweg sehr gesittet. Die Gastgeberin fuhr allerlei Köstlichkeiten auf, die allesamt – außer der Löwenzahn-Salat – auf dem Multi-Fuktions-Grill gegart wurden. Jeder der vier Gänge wurde begleitet von Erläuterungen zur Herkunft der Produkte, zu deren Zubereitung und dem allgemeinen Lobhudeln der Gäste.

Als wir uns endlich freundlich verabschieden konnten, hörte ich mich im melodischen Tonfall für den außergewöhnlichen Abend danken. Ich staune selbst, was ich so alles von mir gab: „Wirklich netter Abend... und so nette Gastgeber... wir haben es genossen... das Essen war ja so köstlich!"

Den einen Satz allerdings, den brachte ich einfach nicht über die Lippen: „Das nächste Mal kommen sie dann bitte zu uns."

*Ich weiß nicht, was es zu bedeuten hat, aber
es ist evident: Gärten und Inneneinrichtungen
ergrauen zunehmend. Innenarchitektonisch gesehen, ist Grau das neue Rot: graue Wände, graue
Fußböden, graue Badezimmerfliesen. Es kommt mir
so vor, als sei überall die Farbe ausgegangen.
Die Tristesse erobert unser Zuhause, aber gleichzeitig treibt es die Welt der Konsumgüter immer
bunter. Das versteh einer...*

21. Der Schüssel-Schrubber

Die Natur zeigt sich jetzt im Mai in den schillerndsten Farben und auch in der Welt der schnöden Gebrauchsgegen-
stände geht es immer schriller zu. Smartphones und Lap-
tops, die etwas auf sich halten, bieten sich in rosa, türkis
und knallrot an, den Einweg-Rasierer gibt es als Pink-Edi-
tion, und selbst bei Fliegenklatschen kann aus einer riesigen Farbpalette gewählt werden. Der Farben-Rausch hat
nahezu jeden Gegenstand des alltäglichen Bedarfs er-
fasst.

Nur einer, der nahezu unbeachtet ein Nischen-Dasein fris-
tet, konnte sich bislang diesem Trend widersetzen: die
Klobürste. Ausgerechnet der Schüssel-Schrubber ist fast
ausschließlich in weiß erhältlich.

Klar, es gibt ihn mit bunten Stielen, sogar als Luxus-Edi-
tion mit goldenem Griff, aber seine Borsten sind vorzugs-
weise weiß. Dabei macht diese Farbgebung ausgerechnet
bei einer Klobürste wenig Sinn. Schwarzhaarige oder von
mir aus auch mausgraue Bürsten wären nicht nur trendi-
ger, sie hätten zudem den unschlagbaren Vorteil, dass

sich ein dunkles Braun darauf weniger kontrastreich abbildete.

Trotzdem halten die meisten Hersteller am schlichten Weiß fest. Warum? Gelten schwarzhaarige Klobürsten in Deutschland etwa als politisch unkorrekt?

Das ist denkbar, denn hierzulande ist man ja stets auf political correctness bedacht. Ich erinnere da nur an die leckeren „Dickmanns" unserer Kindheit, die in „Schaumküsse" umbenannt wurden.

Die Skandinavier jedenfalls lassen mehr Toleranz walten. In einem bekannten, schwedischen Möbelhaus bin ich kürzlich auf schwarz behaarte Schüssel-Schrubber gestoßen – dies als Tipp an alle Hausfrauen.

Also, wir sehen uns dann morgen an der Möbelhaus-Kasse, alle mit nur einer Klobürste im Einkaufswagen.

Ja, die Konsumwelt treibt schon manchmal bunte Blüten. Und wir alle machen mehr oder minder munter mit. Es ist ja auch nicht so einfach, sich gesellschaftlichen Trends zu entziehen und gegen den Strom zu schwimmen.

22. Eat smarter

Heute ist Gemüse aus der Dose ein No-Go! Alles muss frisch, regional und saisonal sein. Wer was auf sich hält, bereitet sogar den Senf, den er überall dazu gibt, selbst zu.

Ich bin mit Erbsen und Wurzeln aus der Dose groß geworden – und mit TriTop. Heute frage ich mich, wie ich das überlebt habe, denn heute muss ja alles mega gesund sein.

Das Motto lautet: „Eat smarter". Alles hübsch angerichtet, bio, vegan, glutenfrei und antioxidativ. Wer mit der Zeit geht, leistet sich mindestens eine Laktose-Intoleranz, schrotet sein Mehl selbst und schreddert rohen Grünkohl für den morgendlichen Smoothie. Igitt!

Wenn ich mir heute in einem Bistro einen schnöden Kaffee bestelle, komme ich mir vor wie ein Dinosaurier, der anständiger Weise längst hätte ausgestorben sein sollen. Die anderen verlangen alle eine Soja-Latte – im Einweckglas serviert! Die schmeckt zwar wie Knüppel auf'n Kopp, ist aber hip. Also, ich habe keine Lust auf dieses ganze Modern-Food-Gedöns, will vom Teller und nicht aus Omas Weckglas essen – aber der gesellschaftliche Druck lastet schwer auf mir.

Neulich zum Beispiel: Ich war zum Mädelsabend bei einer Freundin eingeladen. Jede sollte etwas zum Buffet beisteuern. Ich fühlte mich überfordert. Mit meinem bunten Nudelsalat, der über Jahrzehnte auf allen Partys immer gut angekommen war, konnte ich nicht erscheinen, das war mir klar.

Beate backt ja inzwischen ihr Brot selbst, Helga verzichtet auf Zucker, Susanne lebt vegan und bei Brigitte ist sogar der Champagner bio und ihre Pullover veganes Kaschmir. Und dann ist da noch Ilona – das verrückteste Huhn unserer Runde. Sie beackert seit dem Frühjahr ihren eigenen Schrebergarten. Saisonal und regional!

Ausgerechnet Ilona, die Unangepasste, die bis heute kein Heavy-Metal-Konzert verpasst – Schlammschlacht inklusive –, die in dritter wilder Ehe lebt und uns Eigenheimbesitzerinnen naserümpfend „Spießerinnen" nennt, ausgerechnet sie hat eine Parzelle gepachtet. Einen Schrebergarten! Dieses letzte Refugium der Spießigkeit feiert gemeinsam mit dem Weckglas und meiner lieben Freundin Ilona Renaissance. Nach dem Hard-Rock-Konzert trifft sich Ilona auf ihrer Scholle mit einer Heerschar von jungen, hippen Menschen zur gemeinsamen Kartoffelernte.

Alles lässig, locker, regional und saisonal: Smart-Live zwischen Gartenzwergen.

Ja, Ilona umgibt sich gern mit jungen, hippen Menschen. Sie mimt die Junggebliebene und stemmt sich auf diese Weise gegen das Älterwerden. Aber entwickeln wir nicht alle Strategien, um das Alter nicht allzu nahe an uns herankommen zu lassen?

23. Der goldene Faden

Die Jahre, in denen kein Fältchen unser Spiegelbild verzerrte, sind vorbei. Im Altweibersommer unseres Lebens entwickeln wir darum sehr kreative Ideen, um den unausweichlichen Alterungsprozess visuell aufzuschieben. Ina trägt nur noch Kleider und Blusen mit Ärmeln und zitiert gern ihre Mutter, die da sagte: „Im Alter nimmt der Stoffverbrauch proportional zu den Jahren zu."

Ich hingegen setze auf bunte, leuchtende Stoffe und habe im Alter von ungefähr 50 Jahren den Farbton pink für mich entdeckt.

Meine Freundin Bärbel ist einen ganzen Schritt weiter. Während ich noch Modemagazine durchblättere, googelt sie Schönheitsoperationen. Sie hat auch schon einiges machen lassen.

Sieht man aber nicht.

Darüber mag man lachen, aber die Frage lautet doch: Wenn man etwas machen lässt, möchte man, dass man es sieht – also wie bei Dagmar Berghoff? Wenn man es hingegen nicht sieht, ist es herausgeworfenes Geld – so sehe ich das. Bärbel verteidigt ihre Investition allerdings. Sie betont: „Ich mache das für mich!"

Und ehrlich, manchmal werde auch ich beim Blick in den Spiegel unsicher und frage mich: Sollte ich vielleicht auch mal etwas für mich machen lassen? Neulich kam ich wieder ins Grübeln:

Bärbel erzählte von einer ganz neuen Methode auf dem Schönheitssektor. Die leuchtete mir irgendwie ein. Sie war der Rubrik „Textiles Werken" entlehnt – also Handarbeit.

Hierbei wird mit einer dünnen Nadel ein noch dünnerer Goldfaden unter dem Kinn eingenäht – bis hinters Ohr – und dann strammgezogen. Das stelle ich mir in etwa vor wie beim ausgeleierten Bündchen einer Schiesser-Fein-ripp-Unterhose. Früher trennten wir doch die Seiten-Naht auf, zogen das Gummi stramm und machten einen Kno-ten. Hat prima funktioniert. Der Schlüpfer saß anschlie-ßend wieder fest in der Taille.

Gut möglich, dass diese Methode auf menschliches Ge-webe übertragbar ist und meine Gesichtszüge – wie es in der Werbung so schön heißt – „definierter" erscheinen ließe.

Ich bin mir nur nicht sicher, wie und ob ein straffes Kinn mit den Falten im Rest meines Gesichts harmonieren würde. Diesbezüglich bin ich noch in der Findungsphase.

„Findungsphase" ist ein gutes Stichwort. Wir befinden uns doch Zeit unseres Lebens auf der Suche nach uns selbst, oder? Auch wenn wir glauben, im Altweibersommer diesbezüglich einen ganzen Schritt voran gekommen zu sein, sind wir immer noch auf der Suche. In diesen Zusammenhang passt eines meiner nachdenklichen Gedichte, das ich für meinen Sohn Hannes geschrieben habe.

Irgendwo – für Hannes

Am Straßenrand ich stand,
den Daumen hoch – einfach so,
auf dem Weg nach nirgendwo – irgendwo.

Die Welt in tausend Splittern.
Ich will das Chaos, ich will zittern,
ziellos stolpern, tanzen, schweben,
ungebändigt – einfach leben.
Im Meer der Möglichkeiten treiben,
nach irgendwo und nirgends bleiben.

Die Blechlawine schwappt vorbei,
reißt alle fort – nach hier und dort,
einer hält – ich war frei!

Damals.

Dieser Rausch, er fraß sich fest,
unauslöschlich eine Ahnung hinterlässt.

Und dann?
Irgendwann:

Zielgerichtet, stolpern, kriechen,
Kinder kriegen, sich verbiegen,
bauen, pflanzen und im Rhythmus tanzen,
waschen, pflegen – planvoll leben.

Wo ist nur der Rausch geblieben?
Zielgerichtet soweit abgetrieben?
Die Welt zerreißt in tausend Fetzen:
hetzen, hetzen, hetzen.

Die Blechlawine reißt uns fort,
an diesen fernen, dunklen Ort.
Sie verbietet zögern, bremsen,
ich scher aus, versuch zu wenden.

Am Straßenrand er steht,
den Daumen hoch – einfach so.
Ich halt an: „Wohin des Wegs?"
„Nach irgendwo!"

Ein kurzes Stück, das schwimm ich mit,
ein kurzes Stück – im Rausch zurück.
Mehr geht nicht mehr.

24. Der Lebensbaum

Die Strecke, die hinter mir liegt, ist schon ziemlich lang. Der Horizont rückt unaufhörlich näher. Anders ausgedrückt: Der Ast, auf dem ich sitze, ist schon recht dünn.

Mit Anfang zwanzig habe ich mir das Leben als Baum vorgestellt:

Das Wurzelwerk bildet die Herkunft, der Stamm die Kindheit, und ab da verzweigt sich das Leben. Es steht dir offen. So habe ich es jedenfalls damals empfunden. Das Leben als ein Meer aus Möglichkeiten. Endlich konnte ich selbst entscheiden, wo es langgeht – verheißungsvoll.

Aber Vorsicht: Es gibt kein Zurück. Das war mir auch damals schon klar. Es geht unweigerlich immer weiter nach oben – Ast für Ast. Zurückkrabbeln ist leider nicht möglich.

Wenn du den falschen Abzweig auf deinem Lebensbaum genommen, also beispielsweise den falschen Mann geheiratet hast (soll ja vorkommen), kannst du dich scheiden lassen – klar. Aber du kannst diesen Mann nicht mehr aus deinem Leben streichen. Du krabbelst halt nur allein auf deinem eigenen Ast weiter. Weiter und weiter, immer höher – bis du auf diesem äußersten, ganz dünnen Zweig sitzt.

Dieser letzte Ast ist von meiner jetzigen Position hoffentlich noch weit entfernt. Aber die Luft hier oben wird schon recht dünn. Das Schöne ist allerdings die Aussicht – die Aussicht auf all die Äste unter mir. Auf mein gesamtes bisheriges Leben, auf das Dickicht aus Erinnerungen und all die Abzweigungen, die ich genommen habe.Hier oben angekommen, frage ich mich jetzt: Wie zum Teufel bin ich hierher gelangt?

25. Der Stamm

Immer öfter sitze ich hier und blicke dankbar aus luftiger Distanz auf ganz besondere Momente herab, blättere durch das Fotoalbum in meinem Kopf. Beschwöre Menschen herauf, die mich einst begleitet und meinem Weg eine Richtung gegeben haben.

Ich lasse meinen Opa, den Holsteiner Bauern, in seiner stillen, klugen Besonnenheit und Toleranz auferstehen. Ich sehe ihn mit seiner Pfeife und dem selbst geschnitzten Haselnuss-Stock auf mich zukommen, höre ihn mit dieser unverwechselbaren Gelassenheit und hintergründigen Ironie aus seinem Leben erzählen. 1890 geboren, als einziger Sohn unter acht Kindern, hat er entbehrungsreiche Zeiten durchgemacht und viele Schicksalsschläge hinnehmen müssen. Sein Vater verstarb früh, seine erste Frau verlor er im Kindbett, dazu zwei Weltkriege, Hunger und Not. Dennoch waren seine Geschichten und der Blick auf sein Leben immer von Heiterkeit geprägt. Mit stiller Unaufgeregtheit, Witz und Demut erzählte er sie. Danke Opa.

Meine Mutter, seine Tochter, war hingegen ein ganz anderes Kaliber: Selbstbewusst, extrovertiert, emotional und zupackend. Eine Frau, die mit beiden Beinen im Leben stand, sich die Butter nicht vom Brot nehmen ließ — eine Kämpferin. Man mochte sie, oder man mochte sie nicht. Sie nahm die Dinge in die Hand, war stets für andere da, opferte sich jedoch nicht auf: Mutter Löwenherz.

Ihr Mann, mein Vater, war der weltgewandte Gegenpol. Den Krieg hatte er als Flugzeugfunker durchlebt und später in der zivilen Luftfahrt die Welt bereist. Die Heirat mit meiner Mutter, der Hoferbin, stellte sein Leben auf den Kopf. Er ließ sich zum Bodenpersonal versetzen und war fortan Teilzeit-Bauer. Sein Fernweh lebte er mit Mama auf weltumspannenden Reisen aus. Und auch wir Kinder profitierten davon, steuerten mit billigen Flugtickets in der Tasche ferne Ziele an. Mein Vater war stets darauf bedacht, dass wir lernen und uns bilden. Ich erinnere mich an sonntägliche Frühstücke, bei denen über alles Mögliche diskutiert wurde. Sobald eine Frage auftauchte, hieß es: „Das guckst du jetzt bitte nach." Wir mussten das Lexikon holen und nachschlagen. Ich weiß noch, wie uns das damals genervt hat, heute sage ich: Danke dafür, Papa.

Wie viele Männer seiner Generation sprach mein Vater wenig über Gefühle, versteckte sie in seinem Schneckenhaus. Aber auf seine Art hat er dazu beigetragen, mich zu der zu machen, die ich bin. Manchmal meine ich, seine Hand auf meiner Schulter zu spüren.

Und meine Kinder? Wie viel konnte ich dazu beitragen, sie zu dem zu machen, was sie sind und noch werden? Ich weiß, ich habe nicht alles richtig gemacht, weiß, dass sie sich an mir und meinen Fehlern noch lange abarbeiten müssen.
Niemand ist perfekt, perfekt ist nur das Nichts.
Zu meinem 60. Geburtstag schrieb mir mein Sohn ein Gedicht, das ich an dieser Stelle einfüge.

Im Dickicht

Ich sitze auf einem tieferen Ast
Wie hat sie es geschafft,
so hoch zu klettern?

Sie hat schon wieder gelacht,
was ich oft vergesse.
Ihre Bewegung durchdacht,
während ich Stöcke zerbreche.

Wenn ich Höhenangst hab,
dann guckt sie mich an.
Wenn ich denke, ich falle,
dann guckt sie mich an.

Manchmal sieht sie mich nicht –
hinter Dickicht verschwunden.
Doch ich weiß, sie ist da –
und sie weiß, ich versuch's.

Manchmal trifft man sich kurz,
zwischen „was ist passiert?" und „was kann noch kommen?"
Dann schwelgt man im Glück,
dann hält man sich fest.

Doch wenn wir den Ausblick genießen wollen,
müssen beide auf ihre Äste zurück.
In die Ferne gibt es zu zweit nicht den gleichen Blick,
dafür sind die Augen, aber nicht der Kopf gemacht.
Ich seh dunkle Regenwolken, sie freut sich auf eine ster-
nenklare Nacht.

Einzig, man erinnert – und blickt
auf Blätter-Millionen im gemeinsamen Dickicht:
Auf all die Scheiße, die ich gebaut,
und jedes Jahr Klöße mit Stipp!

Könnten wir jetzt so auf einem Baum sitzen,
eher gebogen als grad,
und oben warten zwei Spitzen –
ich könnte glücklicher nicht sein.

Hannes Maaß

26. Die Krone

Wie meine Kinder jetzt, war auch ich einst auf dem Abschnitt vom Stamm zur Krone des Lebens unterwegs. Der Weg war von Zweifeln begleitet, ich bin ins Straucheln geraten, habe mich aufgebäumt, bin zurückgerudert, um mich dann wieder unbesiegbar zu fühlen.

Mensch, das waren Zeiten!

Zwischen dem letzten Pickel und dem ersten Vorstellungsgespräch; zwischen der ersten Liebe und dem Ja-Wort vor dem Altar, traf mich immer wieder die Wucht unbekannter Emotionen. Ich stürzte Mitten im Höhenflug der Gefühle ein ums andere Mal in die Tiefe und landete niedergeschmettert im Sumpf aus Liebeskummer und Lebensschmerz.

Eine irre Zeit: Der erste One-Night-Stand, dann Schwangerschaftstest und immer die bange Frage: Sind meine Oberschenkel zu dick? Diese Wirrungen des Erwachsenwerdens, möchte man sie nochmals erleben? Nein.

Könnte ich die Zeit zurückdrehen, ich würde keinesfalls im Alter von 21 Jahren beginnen wollen. Und nein: Meine Oberschenkel waren nicht zu dick. Heute wünschte ich mir, sie wären dicker und somit praller.

Könnte ich nochmal von vorne anfangen, ich würde bei 30 starten. Als ich kurz vor meiner dritten Null stand, sagte mein Schwiegervater zu mir: „Mit dreißig Jahren wird eine Frau zur Frau." Recht hatte er. Mit 30 begann ein wunderschöner Lebensabschnitt. Ich erinnere mich an dieses unvergleichlich intensive Gefühl, als ich mein erstes Kind in den Armen hielt, an die stolzen und fürsorglichen Blicke meines Mannes.

Am Tag zuvor noch ein heißblütiges, verliebtes Paar, waren wir plötzlich Eltern. Wir hatten uns Verantwortung aufgebürdet. Aber weil wir sie teilten, blieb das Leben leichtfüßig. Trotz durchwachter Nächte scherzten wir miteinander, foppten und liebten uns. Gemeinsam durchstanden wir die Krankheiten unserer Kinder und Kinderkrankheiten unserer Ehe.

Nein, es herrschte durchaus nicht immerzu Friede, Freude, Eierkuchen im Hause Maaß. Ich erinnere mich an einen nächtlichen Ehezoff. Worüber wir stritten, ist mir längst entfallen. Ich sehe mich jedoch noch wütig das Haus verlassen, in mein Auto steigen und vom Hof brausen. Weit kam ich allerdings nicht. Mit verweinten Augen und einer unbändigen Wut im Bauch raste ich geradewegs in den Gartenzaun unseres Nachbarn: Totalschaden.

Unsere Ehe hingegen erlitt keinen Schaden. Mein Mann, der Fels in der Brandung meines Lebens, nahm mich in den Arm und schon fühlte sich unsere Zweisamkeit wieder unerschütterlich an. Danke dafür, Holger.

Aber das Leben tritt nicht auf der Stelle.
Mit Einschulung, Hausbauen, Konfirmation und all
den Herausforderungen des Alltags reiht sich ein
Jahr ans andere — und schwupps steht
der 50. Geburtstag vor der Tür.

27. Anpfiff zur zweiten Halbzeit

Ich kann mich noch genau an den Morgen meines 50. Geburtstages erinnern. Ich bin aufgewacht und habe mir gedacht: Jetzt also 50.

Die erste Halbzeit ist damit geschafft. Und was kommt jetzt? Der Abstieg? Nein, erstmal Pause, Halbzeitpause, oder wie es bei uns Frauen heißt: Menopause.

Durchatmen, Rückblick halten und nach vorne schauen. Wie schreibt der dänische Philosoph Sören Kierkegard so treffend: „Verstehen kann man das Leben nur rückwärts, gelebt werden muss es vorwärts." Mein Freund Lutz, seines Zeichens Sportreporter, drückt es noch präziser aus. Er sagt immer: „Das Spiel wird in der zweiten Halbzeit entschieden!" Also dann: Kopf hoch, allen Mut zusammengenommen und beherzt zur zweiten Halbzeit angetreten.

Gut, die glatten Jahre, als kein Fältchen mein Spiegelbild verzerrte, sind vorbei. Aber es kommt ja schließlich nicht auf einen ebenmäßigen Teint, sondern vielmehr auf die Ausstrahlung an. Eine positive Ausstrahlung kann Altersflecken, Krähenfüße und sogar Hängebäckchen lässig überstrahlen. Eine gute Portion Humor und Selbstironie müssen jetzt wettmachen, was früher ein neckisches Lächeln und der Schwung der weiblichen Hüfte auszurichten in der Lage waren.

„Vorbei die Jugend, sie kommt nicht mehr!", oder heißt der Spruch: „Vorbei die Jugend, **es** kommt nichts mehr?" – womöglich: „Vorbei die Jugend, **er** kommt nicht mehr." Hilfe!

Wie auch immer. Wir lassen uns von so einem blöden Spruch nicht unseren Optimismus kaputt machen. Die wilden Jahre sind zwar vorbei, aber die Frau ab 50 verfügt über Lebenserfahrung. Zugegeben, mit Lebenserfahrung lässt sich heute wenig anfangen, denn damit kann man kein Smartphone bedienen. Aber sei's drum. Jedenfalls lassen wir Altweiber uns nicht mehr so schnell ins Bockshorn jagen, sind emanzipiert, können unsere eigene Meinung vertreten und den jungen Hühnern mal zeigen, wo es lang geht.

Aber die Jugend will das wahrscheinlich gar nicht wissen – erst recht nicht von uns. So war es schon, als wir noch die jungen Hühner waren und unsere alten Tanten uns ihren ach so gut gemeinten Rat aufzwingen wollten. Echt ätzend!

Tja, und jetzt sind wir die alten Tanten. Aber wir sind natürlich nicht ätzend. Nein. Wir sagen nie Sätze, die beginnen mit: „Das haben wir früher aber anders gemacht", oder „Ich kann Dir aus Erfahrung sagen" oder „Wenn Du mich fragst." Denn mal ehrlich: uns fragt keiner mehr. Wir müssen die Fragen selber stellen. Zum Beispiel diese: Gibt es ein Leben nach der Menopause?

Ja, gibt es. Denn drinnen brodelt immer noch derselbe Vulkan, drinnen röhrt immer noch der Ohrwurm: „We will rock you" – und drinnen fühlt sich ein jedes Lächeln ebenso faltenlos an wie eh und je. Darum: lächle!

*Das Lachen und die Liebe sind wundervolle
Fähigkeiten, die uns die Natur gegeben hat.
Eine andere menschliche Fähigkeit: Wir begreifen
die Zeit, können in die Vergangenheit blicken und
die Zukunft planen. Tiere hingegen leben stets im
Hier und Jetzt – beneidenswert. Sie kennen
meine Rastlosigkeit nicht – oder vielleicht doch?
Wenn Vögel emsig Futter und Nistmaterial heran-
schaffen und dazu ihre Lieder trällern, habe ich das
Gefühl, sie arbeiteten mit mir im selben Takt.*

28. Gartenholic

Frühling: In dieser Jahreszeit verbringe ich jede freie Mi-
nute, mit Hacke und Schaufel bewaffnet, im Garten. Für
mich gibt es nichts Schöneres, als in die Beete einzutau-
chen und im Erdreich zu wühlen. Wenn die Morgensonne
meine Blumenkinder wach küsst, befällt mich schon große
Vorfreude. Noch schnell die Spülmaschine angestellt und
die Kochwäsche in die Trommel gestopft – dann lege ich
los. Es gibt so viel zu tun: Die Glockenrebe braucht eine
Rankhilfe, der Rasen Dünger, die Tomatenpflanzen müssen umgetopft werden und die alte Bank könnte einen
neuen Anstrich vertragen. Beherzt mache ich mich ans
Werk. Für mich als „Gartenholic" ist diese Schufterei geradezu ein Jungbrunnen. Es ist, als grübe ich schlechte
Laune und Stress einfach unter.

Mal abgesehen vom Muskelkater, der mich nach kräfte-
zehrenden Umgestaltungsprojekten am nächsten Morgen
befällt, und abgesehen von dem stechenden Ziehen in der
Rückengegend, macht mich Hacken, Stechen, Schneiden
und Mähen einfach nur glücklich.

Und weil ich Rastlose von diesem Glück nicht genug bekommen kann, steche ich nach dem Düngen auch noch die Rasenkanten ab, gehe noch einmal mit der Gartenschere durch das Rosenbeet und gieße abschließend die immer durstige Hortensie. Fertig.

Aber nein! Ein letzter prüfender Blick ins Staudenbeet setzt erneut Kräfte frei: Ich falle abermals auf die Knie, um dem Giersch, dieser Hydra, an die verzweigten Wurzeln zu gehen. Was sein muss, muss sein!

Erst wenn mein Glücksgefühl in völlige Erschöpfung umgeschlagen ist, lasse ich von meinem Garten ab. Mit letzter Kraft verstaue ich die Gerätschaften im Schuppen, bücke mich ein letztes Mal, um ein Grasbüschel aus den Plattenfugen zu ziehen und schleppe mich dann müde in die vier Wände. Feierabend.

Von wegen: Drinnen begrüßen mich dreckige Fußspuren, die meine Garten-Klogs auf dem Weg zum Telefon hinterlassen haben, in der Maschine wartet die frisch gewaschene Wäsche und das Abendessen ist auch noch nicht gekocht.

Warum muss ich es mit dem Glück eigentlich immer so übertreiben?

Über mein Buddeln und Sinnieren ist es Juni geworden. Während ich mir tiefschürfende Gedanken über die Zeit mache, ist sie einfach mal so verflogen.

29. Sonnenwende

Das Jahr feiert Bergfest. Die Schweden feiern jetzt Mittsommer. Im hohen Norden wird es in diesen Wochen selbst nachts nicht dunkel. Trotzdem werden die Tage heimlich immer kürzer. Sommer-Sonnenwende.

Der 21. Juni ist für mich alljährlich ein Weckruf. Bis kurz vor diesem Datum denke ich: Der Sommer kommt noch. Danach: Der Sommer ist schon fast vorbei. Ich weiß, die kommenden Wochen werden wie im Schnell-Durchlauf dahinfliegen. Meine Beine sind noch kalkweiß, aber der Herbst steht quasi vor der Tür. Höchste Zeit, einen Gang herunterzuschalten. Lock-Down.

Nicht ständig im Garten buddeln, sondern dessen Schönheit genießen. Einfach nichts tun wie unser Kater. Er hat es sich unter dem roten Rhododendron gemütlich gemacht, liegt faul mitten im Giersch, der in voller Blüte steht. Nein, ich reiße diese Hydra jetzt nicht aus, wenn es auch schwerfällt. Ich lege mich gemütlich in den Liegestuhl, verbiete mir jegliche Arbeit. Ich werde mich jetzt nicht im Philosophieren über das Gestern verlieren, sondern mir das Heute vergegenwärtigen und genießen. Es wird morgen nicht schöner als heute.

Denn: Morgen ist heute gestern.

Darum Schluss jetzt mit all der Hetze. Ich lasse meine Seele baumeln und versuche, den Moment zu genießen.

30. Rasen-Domino

So, ich lege meine kalkweißen Beine jetzt endlich hoch, suche mir ein sonniges Plätzchen und ernte entspannt die Früchte meines Garten-Fleißes. Einfach mal abschalten. Die Kaffeetasse griffbereit und ein gutes Buch parat, stellt mein Kopf endlich in den Standby-Modus. Ach, ist das gemütlich.

Doch kaum spüre ich die bräunenden Sonnenstrahlen auf meinen Schenkeln und die erste Seite ist gelesen, dringt plötzlich dieses nervige Geräusch an mein Hörorgan: Die Müllers mähen mal wieder! Jetzt heißt es: stark bleiben und ausharren, bis Ruhe einkehrt.

Aber kaum ist das Zweitakt-Geknatter aus der linken Parzelle verklungen und das Vogelgezwitscher wieder zu hören, beginnt das Getöse erneut. Diesmal kommt es vom Nachbarn zur Rechten: Die Schröders mähen schon wieder!

Unbehagen bricht sich Bahn, zunächst wegen des Lärms und dann der Tatsache geschuldet, dass der eigene Rasen ebenfalls ein flächendeckendes Stutzen nötig hätte.

Aber nein! Ich lasse mich doch nicht vom Rasen-Domino anstecken. Nein. Ich bündle all meine Abwehrkräfte, schlage die nächste Buchseite auf und widerstehe dem Impuls.

Kurz darauf findet das Rasen-Domino jedoch seine Fortsetzung: von schräg gegenüber ertönt das unverkennbare Geräusch eines weiteren Rasenfreundes. Haben sich denn alle gegen mich verschworen? Jetzt hilft nur noch Flucht.

Wutschnaubend gebe ich mein sonniges Plätzchen auf, flüchte in stillere Gefilde und knalle die Tür hinter mir zu. Drinnen ziehe ich unruhige Kreise durch die eigenen vier Wände. Was jetzt? Soll ich mich aufs Sofa legen? Beim sehnsüchtigen Blick nach draußen in den Sonnenschein ist mein Ruhe-Vorsatz plötzlich verflogen. Die Fenster sind dreckig. Entschlossen greife ich zu Putzeimer und Mikrofasertuch und mache mich über die Schlieren her.

Und siehe da: Ein Blick durch das polierte Glas lässt mich Frau Schröder erblicken. Mit Eimer und Ledertuch bewaffnet, poliert sie ihrerseits die heimischen Fronten. Ätsch, angesteckt!

Ach ja, die liebe Nachbarschaft.

31. Die To-Do-Liste

Um wirklich entspannen zu können, muss man in den Urlaub fahren. Dieses Jahr mache ich das auch. Die Reise ist gebucht und nächste Woche heißt es: Sachen packen. Ich freue mich schon.

In den vergangenen zwei Jahren sind wir – ganz umweltbewusst – zu Hause geblieben und wollten unseren Garten genießen. Aber diesen Sommer ergreifen wir die Flucht. Und das nicht wegen des Rasen-Dominos. Letztes Jahr waren wir in den Monaten Juli und August gefühlt die letzten Hinterbliebenen der gesamten Nachbarschaft. Alle anderen waren ausgeflogen: nach Skandinavien, Mallorca, nach Kroatien und in die ganze Welt. Man könnte jetzt meinen, ich hätte darum auf meinem sonnigen Plätzchen mit einem guten Buch und einem kühlen Getränk meine Ruhe gehabt – weit gefehlt.

Am Bord im Flur hingen fünf verschiedene Haustürschlüssel und auf dem Küchentisch lagen – nummeriert wie die Schlüssel – die dazugehörigen Instruktions-Pläne. Bei den Meyers waren die Geranien-Kästen zu gießen und die Katze zwei Mal am Tag zu füttern – das war ja noch zu schaffen – vor allem, weil es während ihres Urlaubs recht kühl und regnerisch war.

Bei den Schulzes sollte ich abends für einige Stunden das Licht im Flur anmachen und die Zeitung aus dem Briefkasten nehmen – auch kein Problem.

Lehmanns waren schon anspruchsvoller. Weil sie zu einer vierwöchigen Rundreise durch Skandinavien aufgebrochen waren, baten sie mich, ihre Blumentöpfe nicht nur zu gießen, sondern auch regelmäßig zu düngen, dem Gärtner aufzuschließen, Pakete und Päckchen entgegenzunehmen und die verschiedenen Mülltonnen rechtzeitig an die Straße zu stellen.

Den Vogel schossen die Schröders ab: Ihr Zettel, überschrieben mit „To-Do-Liste", enthielt eine seitenlange Pflegeanleitung ihrer Pflanzen. Die Tomaten sollten gegossen, gedüngt und geerntet werden, ebenso die Zucchini. Die verwelkten Blüten der Sommerblumen hatte ich zu entfernen und natürlich darauf zu achten, dass kein Pflänzchen verdurstet oder verbrennt. Drinnen, im gepflegten Heim der Schröders, ging die Arbeit weiter: Auf den Fensterbänken ihres sonnendurchfluteten Hauses warteten eine Azaleen-Sammlung, mehrere Orchideen und weitere, anspruchsvolle Pflanzen auf meinen grünen Daumen.

Ich sehe mich heute noch den Wasserschlauch durch den Garten der Schröders ziehen, Blüten-Reste abzupfen und Tomatenpflanzen bei Starkregen unters Dach schleppen. Die Azaleen verlangten mir alles ab: Mit einem Eimer Wasser zog ich durchs Haus, um die immer durstigen Blumen zu tränken, wobei ich penibel darauf achtete, den Parkettboden nicht zu ruinieren. Nachts hatte ich Albträume, sah mich verzweifelt durch einen Urwald aus vertrockneten Azaleen irren.

Nach zwei Wochen, als die Schröders endlich braungebrannt aus dem Urlaub zurückkehrten, machte ich drei Kreuze und habe sofort unsere diesjährige Sommerreise gebucht.

Meinen Haustürschlüssel und eine ausführliche „To-Do-Liste" bringe ich nächste Woche zu den Schröders rüber und sag dann einfach mal: Tschüss!

Ich höre an dieser Stelle schon Inas unverwechselbares Lachen. Wetten, sie sagt: „Du kannst ja auch einfach nicht nein sagen, das ist dein Problem." Wieder ihr Finger in meiner Wunde. Und natürlich hat sie recht: Hätte ich rechtzeitig die Fähigkeit kultiviert, anderen etwas abzuschlagen, müssten jetzt nicht die Schröder herhalten, meine Klima schädigende Flugreise zu entschuldigen.

32. Nein sagen

Ich funktioniere. Ich kann anderen schwer etwas abschlagen, meinen Kindern nicht (denn einmal Glucke, immer Glucke), meinem Mann nicht, dem ich die Sofakissen aufschüttle, meinen Nachbarn, meinen Freunden, Bekannten, Auftraggebern und allen anderen auch nicht. Mir geht das „Ja" reflexhaft über die Lippen. Hinterher ärgere ich mich, dass ich nicht erst nachgedacht und dann nein gesagt habe. Ich glaube, das ist typisch Frau.

Wir sollten vielleicht alle einen Achtsamkeits-Kursus besuchen, um zu lernen, nur dem zuzustimmen, was uns guttut.

Was das angeht, können wir von den Männern lernen. So ein Mann sagt ja erstmal reflexhaft: „nein". Erst anschließend überlegt er, eventuell auf ein Ja umzuschwenken. Schlau.

Beeindruckend ist darüber hinaus, wie er nein sagt. Der Ton macht die Musik. Männer haben die Fähigkeit, ihr Nein ruhig, fast beiläufig, aber umso bestimmter über die Lippen zu bringen. Sie lassen keine Zweifel aufkommen.

In meinem Nein schwingt hingegen stets ein Zögern, ein „Vielleicht" mit. Dadurch fordere ich mein Gegenüber regelrecht auf, mich umzustimmen – schön blöd. Damit aber nicht genug: Jedem Nein folgt eine lange Erklärung über warum, wieso, weshalb. Ich rechtfertige mich.

„Das musst du dir unbedingt abgewöhnen", predigt mir meine Freundin Birgit schon seit Jahren. Und sie hat recht. Auch ich stelle seit langem fest, wer sich immerzu rechtfertigt, zieht am Ende den Kürzeren.

Männer – und einige wenige Frauen – fordern eine Gehaltserhöhung mit dem schlichten Argument: „Weil ich es verdient habe." Ich hingegen lasse bei Gagen-Verhandlungen immer eine Tirade aus Rechtfertigungen los, erwecke den Eindruck, als sei es mir peinlich Geld zu verlangen. So verderbe ich mir regelmäßig meinen Preis.

Birgit, die meine Comedy-Karriere seit den Anfängen als enge Freundin und Wirtschaftsberaterin begleitet, bringt das auf die Palme: „Lass dich nicht runterhandeln. Du bist deinen Preis wert", predigt sie gebetsmühlenartig. Langsam, aber stetig finden ihre Ratschläge bei mir Gehör. Durch Birgit und aus Schaden werde selbst ich langsam klüger.

Ich erinnere mich an einen Auftritt mit Ina. Der Mädelsabend war ein voller Erfolg. Hinterher saßen wir – beseelt vom Applaus – mit der Gastgeberin über der Abrechnung. Ina versuchte sich aufs Geldzählen zu konzentrieren, was mit einem Schwall Adrenalin im Blut stets eine geistige Herausforderung ist und keinerlei Ablenkung duldet. Ich unterschrieb die Quittung.

Diesen euphorischen Moment wusste die Gastgeberin zu nutzen. Sie begann plötzlich, unsere Gage nachzuverhandeln, lamentierte über Kosten, Personal und Aufwand. Ende vom Lied: Wir ließen uns breitschlagen und zahlten ihr sogar noch den Apfelsaft, den wir auf der Bühne getrunken hatten – wäre ja ein geldwerter Vorteil gewesen.

Auf dem Rückweg ärgerten wir uns die Platze und schworen uns: Das nächste Mal sagen wir ganz vehement: „Nein!"

Nein sagen fällt schwer. Kaum ist der Schlussap-
plaus verklungen, stellt sich ein emotionaler Aus-
nahmezustand ein, ein Höhenflug, der süchtig
macht. Er entlohnt uns für das vorherige Lampen-
fieber und die Selbstzweifel.

33. Ausgebremst

Was auf Tour aber auch so alles passiert: vorher, nachher und mittendrin. Diese Erlebnisse würden ein eigenes Buch füllen. Jeder unserer Mädelsabende erzählt seine eigene Geschichte und ist im Kopf fest verankert: All die Abstell-kammern, die uns als Künstler-Garderobe dienten – und die Herren-Toiletten! Wie oft habe ich schon vor einem Pissoir gestanden und mich für meinen Auftritt umgezo-gen? Da Männer an unseren Mädelsabenden nicht teilneh-men dürfen, ist ihr Klo oft der einzig freie Ort. Ein biss-chen eng, großer Vorteil allerdings: Meist ist ein Spiegel vorhanden, den man in Abstellkammern vergeblich sucht.

Auf Tour muss man nehmen, was man kriegen kann. Es gibt Schlimmeres als eine beengte Garderobe. Zum Bei-spiel: In einen Unfall auf der Fahrt zum Auftritt verwickelt zu werden. Das war immer unsere größte Befürchtung – und natürlich traf sie eines Tages ein. Horror!

Keine 500 Meter von der eigenen Haustür entfernt, auf einer Kreuzung in Quickborn, die wir schon tausende Male überquert hatten, knallte es. Im strömenden Regen hatte Ina einen von rechts kommenden BMW übersehen. Der Super-Gau. Eine Stunde später sollten wir in Hamburg-Langenhorn auf der Bühne stehen – jetzt standen wir aber wie aufgescheuchte Hühner auf besagter Kreuzung, uns gegenüber ein erregter Unfallgegner, der nur sehr wenige Worte Deutsch sprach und keines verstand. Verzweifelt wiederholte der polnische Mitbürger in Endlosschleife zwei Worte: „Nix Polizei, nix Polizei!"

Während Ina ihr minimal beschädigtes Auto aus der Gefahrenzone entfernte, schossen plötzlich sieben weitere polnische Mitbürger wie Pilze aus dem Boden. Wo sie herkamen, ist mir bis heute schleierhaft. Im Verlauf der folgenden halben Stunde konnten sie jedoch für eine verbesserte Verständigung sorgen, die Besitzverhältnisse des ebenfalls nur minimal beschädigten BMW klären und den Versicherungs-Schein beibringen. Ina hatte inzwischen ihren Mann angerufen und ihn beauftragt, ihre Police zu bringen. Kaum war er zugegen, überließen wir ihm die weiteren Verhandlungen und machten uns in Richtung Hamburg vom Acker.

Ich brauche wohl nicht näher zu erläutern, in welcher Verfassung wir mit Verspätung in dem kleinen Theater in Langenhorn eintrafen. Vor allem Ina war verständlicher Weise regelrecht aufgelöst, total out of Order. Aber, oh Wunder: An diesem Abend klappte alles perfekt: kein einziger Textdreher, kein Blackout. Wir spulten unser Programm ab, als sei nichts gewesen, und wunderten uns über uns selbst.

Ganz ohne Pannen läuft fast kein einziger Auftritt ab. Irgendetwas ist immer: Mal macht uns die Technik einen Strich durch die Rechnung, manchmal sorgen unorganisierte Gastgeber für Chaos, mal vergesse ich einen Satz oder Ina steht auf dem Schlauch. Zum Glück harmonieren wir so perfekt, dass die eine der anderen stets aus der Patsche helfen kann.

Außer bei unserem ersten Open-Air-Auftritt: Wir standen auf der Bühne und hatten plötzlich an derselben Stelle ein Blackout. Welch ein Schreck!

Ina hatte im Publikum eine alte Bekannte entdeckt, was sie mit einem Schlag aus dem Konzept brachte. Ich weiß nicht warum – vielleicht weil ich Inas abfallende Spannung neben mir spürte – jedenfalls geriet auch ich schlagartig ins Stocken. Peinliche Stille! Ich wusste nicht weiter, Ina wusste nicht weiter. Was jetzt? Wir hatten beide total den Faden verloren. Ich dachte nur: Einfach weiterreden, egal was, darum sabbelte ich, als ginge es um mein Leben, erzählte alles, was mir in den Sinn kam. Ina nutze diese Zeit, zu überlegen, wo uns der Faden gerissen war. Diese Strategie hatte Erfolg. Ina sah wieder klar, unterbrach mich und knüpfte an der richtigen Stelle an, so dass wir gemeinsam auf den gewohnten Pfad einbiegen konnten.

Der Schreck dieses Blackouts bleibt unvergessen. Ebenso wie der Mann, der während unseres Weihnachtsprogramms laut schnarchend einschlief. Er sei an dieser Stelle herzlich gegrüßt.

Ob technische Pannen, Texthänger oder stehende Ovationen – es sind alles unwiederbringliche, einzigartige Erlebnisse. Sie sind die Würze unseres Künstlerlebens. Manche Begebenheit ist so absurd, dass sie kaum zu glauben ist.

34. Der Rosenkavalier

Wenn man als Wander-Komiker durch die Lande zieht, ist mit allem zu rechnen. Unvergesslich diese eine Begegnung der besonderen Art: Ina und ich waren auf der Fahrt zu einem Auftritt in Nordfriesland. Weil wir rechtzeitig gestartet waren, legten wir einen Boxenstopp auf einem Autobahnrastplatz ein. Wir wollten in Ruhe eine rauchen. Unser Lampenfieber niederringend, standen wir einsam am Aschenbecher und blickten auf die vorbeirasenden Autos. Alle kannten scheinbar nur ein Ziel – zügig nach Hause zu kommen. Alle, nur einer nicht: der Rosenkavalier. Ein auf Hochglanz polierter, schwarzen Mercedes SUV bog plötzlich auf den Rastplatz ein, bremste und kam direkt vor uns zum Stehen. Die Fahrertür öffnete sich: Ein stattlicher Herr in feinem Zwirn, zirka Ende 60, sprang heraus und steuerte schnurstracks auf uns zu, in seiner Hand ein Strauß roter Rosen.

Bevor wir auch nur „piep" sagen konnten, drückte er mir die Blumen mit den Worten in den Arm: „Darf ich sie ihnen schenken? Wäre doch zu schade, sie in den Müll zu werfen." Sprach's und kehrte zu seinem Wagen zurück. Verdattert wie zwei Crash-Test-Dummys kurz nach dem Aufprall starrten Ina und ich ihm hinterher. „Kein Grund, traurig zu gucken", rief er uns fröhlich zu, „es ist ja noch nichts passiert!" Behände sprang in seinen SUV und rauschte davon. Verdaddert winkten wir ihm hinterher.

Erst als der Rosenkavalier außer Sichtweite war, brachen wir in albernes Gelächter aus. Wir konnten uns gar nicht mehr einkriegen, fragten uns unter Lachkrämpfen ein ums andere Mal: „Was war das denn grad? Eine Fatamorgana?" Nein, die Rosen waren echt. „Dem Herrn ist wohl ein Date geplatzt", mutmaßte Ina, „oder er ist vom 'Elite-partner' verarscht worden."

Total aufgedreht kamen wir später in Mildstedt an. Es wurde ein furioser Mädelsabend. Tja, was ein stattlicher Herr mit einem Strauß Rosen so anrichten kann...

Ach, unser Rosenkavalier, er wird nie erfahren, was er in uns ausgelöst hat, es sei denn, er liest dieses Buch. Dann möge er sich bitte melden. Ein anderer Mann, viel jünger als der stattliche Herr vom Rast-platz, bleibt mir ebenfalls lebenslang im Kopf – aber aus anderem Grund.

35. Impro-Theater

Nach einem ausverkauften Gastspiel, irgendwo in einem kleinen Privat-Theater – ich nenne lieber nicht den Ort -, hatte ich mit einigen begeisterten Zuschauerinnen noch am Tresen gestanden, gelacht und ein, zwei Sekt ge-schlürft. Ich befand mich in besagtem emotionalem Aus-nahmezustand. Zugegeben, in diesen Glücksmomenten neige ich oft und gern zur Geschwätzigkeit.

So auch an diesem Abend: Beseelt vom Erfolg, baute ich schwatzend meine Technik ab. Der Theaterbetreiber, ein junger Mann Mitte 30, stapelte derweil schweigend Stühle. Begeistert schwärmte ich vom tollen Publikum, der besonderen Atmosphäre des Theaters und der über-bordenden Stimmung. Ich war mir sicher, dass mich mein wortkarges Gegenüber – nach diesem auch für ihn finan-ziell erfolgreichen Abend – für einen Nachfolge-Auftritt buchen würde.

Wie man sich täuschen kann.

Beim Abrechnen brach er endlich sein Schweigen: „Dein Landfrauen-Humor ist ja ganz gut angekommen", sagte er, „als nächstes engagiere ich aber lieber wieder ein avantgardistisches Impro-Theater, auch wenn nur zehn Zuschauer kommen."

Das saß. Es traf mich wie ein Faustschlag und verschlug mir die Sprache. Ich packte meine sieben Sachen zusammen und zog grußlos ab. Auf dem Weg zum Parkplatz ratterte es in meinem Kopf: Du avantgardistisches Arschloch... Du intellektueller Schnösel!... Was bildest du dir eigentlich ein?... Ich bin unter deinem Niveau, oder was?

Auf der Fahrt ging es weiter: Frechheit... Unverschämtheit... Du hast doch keine Ahnung! ... Ich habe Philosophie studiert!

Am liebsten wäre ich mit voller Wucht in seinen Gartenzaun gedonnert. Einzig die Sorge um mein Auto hielt mich davon ab.

Als ich gegen Mitternacht zu Hause vorfuhr, hämmerte die Wut noch immer mit voller Wucht in meinem geschwollenen Hals: Du unverschämter Schnösel... Ich räume dir den Saal voll, lasse deine ansonsten klamme Kasse klingeln und du beleidigst mich... Welch bodenlose Frechheit! Mit diesen Gedanken ging ich ins Bett.

Erst am nächsten Morgen war ich in der Lage, das Erlebte zu sortieren:

1. Ja, ich mache kein avantgardistisches Impro-Theater – stimmt.
2. Zu meinen Mädelsabenden kommen aber im Schnitt zehnmal mehr als nur zehn Zuschauer.
3. Ja, ich habe einen Landfrauen-Humor.
4. Ich lasse mir von so einem arroganten Schnösel nicht mein Publikum beleidigen.

Aber genau das hatte er getan: Mit der abfällig gemeinten Bemerkung vom „Landfrauen-Humor" hat er in erster Linie mein Publikum beleidigt. Darum soll er von mir aus auf ganz hohem Niveau verhungern!

Auf die Landfrauen lasse ich jedenfalls nichts kommen.

36. Landfrauen

Das Bild von der hinterwäldlerischen Landfrau hält sich hartnäckig in manchen Köpfen – meist in Köpfen derer, die sich eine Soja-Latte im Weckglas servieren lassen, vegane Kaschmir-Pullover tragen und über jeden Modetrend als Erste informiert sind. Gelangweilt nippen sie am Bio-Champagner auf jeder ach so angesagten Vernissage und schwärmen ausgerechnet dort vom authentischen Leben auf dem Lande.

Die Wirklichkeit von Landfrauen spielt sich hingegen in anderen Sphären ab. Kuhstall, Kittelschürze und Gummistiefel sind längst passé. Die wenigsten von ihnen sind noch auf einem Bauernhof zu Hause. In Landfrauen-Vereinen finden sich heute moderne, aufgeschlossene Frauen zusammen, die soziale Projekte angehen, sich beispielsweise in der Flüchtlings- und Integrationsarbeit engagieren, sich politisch weiterbilden und mit ihrem Einsatz den Gemeinsinn im ländlichen Raum stärken. Klar, es gibt auch noch die Landfrauen vom alten Schlage, die Kühe mit der Hand melken können und Punkt zwölf das Mittagessen auf den Tisch bringen. Allen gemeinsam ist: Sie stehen mit beiden Beinen im Leben, engagieren sich für andere und können über sich selbst lachen – das nenne ich „Landfrauen-Humor".

Ja, das Leben am Stadtrand, in Dörfern und Kleinstädten prägt die Menschen. Sie sind aufeinander angewiesen, halten zusammen und packen gemeinsam an. Auf dem Land lebt aber auch dieser komische Vogel: der Heckenkuckuck.

37. Der Heckenkuckuck

Dieser in ländlichen Gebieten äußerst verbreitete Piepmatz sitzt vornehmlich auf Grenzzäunen und nistet sich in Hecken der direkten Nachbarschaft ein. Er hat ein unscheinbares Gefieder und einen großen Schnabel. Unverkennbar sind seine riesigen Ohren. Dazu verfügt der Heckenkuckuck über die ihm eigene, kognitive Deutungshoheit. Was immer ihm zu Ohren kommt, er legt es kreativ aus und bringt es in ganz neue Zusammenhänge.

Sein Gezwitscher ist kilometerweit zu hören. Ohne ihn lebten wir im Tal der Ahnungslosen. So einem Heckenkuckuck kommt übrigens eine wichtige soziale Aufgabe zu: das Tratschen.

Seine Informationen halten das Zusammenleben am Laufen. Das bestätigen sogar namhafte Wissenschaftler. Der amerikanische Evolutionsforscher Robin Dunbar etwa, er ist überzeugt: „Klatsch ist der Kitt, der soziale Gemeinschaften zusammenhält." Und der Sozialforscher Eric Foster schreibt: „Tratschen dient der Psycho-Hygiene." Es ist somit wissenschaftlich erwiesen: Schludern ist gesund.

Und wer wüsste das besser als wir Frauen? Nutzen wir diese Methode doch schon seit hunderten von Generationen – und das sehr erfolgreich: Mit Lästern befreien wir uns vom Neid. Wenn wir beispielsweise Stefanie um ihr schönes Haar, Rita um ihre teure Villa, oder Elke um ihre tolle Figur beneiden, dann wird gelästert – und finden lässt sich ja immer etwas.

Zum Beispiel: „Ja, die Stefanie hat schönes Haar, aber hast du gesehen, jetzt bekommt sie einen Damenbart – möchte man ja auch nicht tauschen!"

Oder: „Ach Gott, die Rita in ihrer teuren Villa mit den italienischen Marmorböden – aber hast du mal ihren Mann gesehen, diesen kleinen, hässlichen Zwerg? Mit solch einem Gnom möchte man doch nicht jede Nacht das Bett teilen müssen, oder?"

Und: „Klar, die dünne Elke hat eine tolle Figur, die kann alles tragen, aber ich sag dir, wer kein Gramm Fett auf den Rippen hat, schlägt früh tiefe Falten!"

Ja, Mädels, geben wir es zu: wir alle sind enge Verwandte des Heckenkuckuck.

*Was Frau Lehmann, mein persönlicher
Heckenkuckuck, jetzt wohl gerade von mir denkt?
Sie wird sich wundern, denn ich liege heute tat-
sächlich faul auf dem Gartenstuhl und döse. Es ist
September geworden: Altweibersommer!*

38. Altweibersommer

Die Stockrosen sind verblüht, die Astern zeigen erste Knospen, die letzten Grillen zirpen, und die tiefstehende Abendsonne lässt meinen Garten in betörenden Farben leuchten – Altweibersommer. Wehmut befällt mich.

Letzte Blüten sind mit sich verfärbenden Blättern verwoben. Dünne Spinnengespinste haben sich über sie gelegt. Der Frühtau lässt sie morgens als kleine Kunstwerke sichtbar werden. Diesem Phänomen hat der Altweibersommer seinen Namen zu verdanken. Die Spinnennetze erinnern dem Volksmund nach an dünne, graue Haare alter Frauen.

Diese Gespinste sind das untrügliche Zeichen dafür, dass der Sommer vorbei ist. Der Herbst steht vor der Tür. Vorbei die unbeschwerte Zeit. Die Schatten werden länger, erste graue Haare, die Kraft lässt nach, die warmen Tage sind gezählt.

*Und gerade jetzt dringt ein alter Song an meine
Ohren: „The Summer of 69". Er küsst Erinnerungen
wach, darum stehe ich auf, drehe das Radio auf
volle Lautstärke und tanze wild durch den Garten.*

Diese alten Lieder

Diese alten Lieder,
die immer wieder
durch den Nebel Gespenster beschwören,
mich mit ihrem Rhythmus betören.

Mit hellen Augen
ins Gestern mich saugen.
Alte Gefühle befreit,
die Schuh' von den Füßen mir reißt.

Meine Seele, die schreit:

Komm, aufstehn!
Vielleicht auch untergehn
im Wirbelwind
mit diesem Nebelkind!

Die Seele ist ganz versessen,
will im Gestern – das Heute vergessen.
Sie tanzt im Takt der alten Lieder,
spürt heiße Küsse wieder.

Berauscht vom Damals, als alles so leicht,
mahnt sie mich, dass WENIG nicht reicht.

39. Peinlich

Ja, langsam verfärbt sich mein Haupthaar wie die Blätter im Herbst. Aber nicht die grauen Haare, die durchfurchten Gesichtszüge oder das verdammte Hühnerauge an meinem kleinen Zeh sind die eigentlichen Probleme meines Altweibersommers. Klar, die zunehmenden Zipperlein nerven: Dass ich auf hohen Schuhen nur noch eine sehr begrenzte Zeit laufen – besser sitzen – kann, dass ich nachts nicht mehr durchschlafe und morgens nur schwer in die Gänge komme. Dazu die verkalkte Schulter und die Sehfähigkeit, die ebenso nachlässt wie die Dichte meines Schamhaares. Diese Verschleißerscheinungen triggern mich total.

Schwerwiegender ist jedoch dieses untrügliche Gefühl, in den Augen junger Menschen zunehmend peinlich zu wirken. Seit einiger Zeit höre ich in Bemerkungen meiner Kinder diesen mitleidigen Unterton mitschwingen. Wenn ich etwa um Hilfe auf technischem Gebiet bitte und dieses „Ach Mama" als Antwort erhalte.

Haben sie mir dann widerwillig die gewünschte App auf meinem Smartphone installiert, fühle ich mich, als hätten sie mich bei 'Mensch ärgere dich nicht' absichtlich gewinnen lassen – ein beschissenes Gefühl.

Aber muss ich mich jetzt darum altersgerecht verhalten? Ziemt es sich für mich nicht mehr, Miniröcke oder meine pinkfarbene Lederjacke zu tragen, soll ich im Bus auf einen Sitzplatz bestehen und im Restaurant den Seniorenteller bestellen? Nein.

Wenn ich früher zu „Highway to Hell" volle Pulle gehottet bin, hieß es: „Guck mal, die Verrückte!". Heute wird mein

Headbanging mit „Guck mal, die verrückte Alte!" kommentiert. Aber was soll's, lass die Leute doch reden. Ich verstehe ja sowieso nur noch die Hälfte dessen, was junge Menschen so faseln.

Obwohl ich mich bemühe, den Anschluss zur Jugend nicht zu verlieren, mir darum die Achselhaare rasiere – alle anderen sind ja schon durch den Duschabfluss entfleucht –, kann ich sprachlich einfach nicht mehr mithalten.

Darum habe ich im Internet einen Jugendsprach-Kursus besucht. Aber das war echt eine mega krasse Challenge, die triggerte mich total, ich kam mir vor wie ein Lauch.

Ich habe den Kursus noch vor dem bestandenen Seepferdchen entnervt abgebrochen, zumal mir klar wurde: Sich einer solchen Sprache zu befleißigen, das wäre echt „lowkey" (Altdeutsch: peinlich). Da bestelle ich mir doch lieber einen Seniorenteller.

Zugegeben, auch wir hatten als Frischlinge unsere eigene Jugendsprache: Bei uns war alles „knorke", „dufte" und auch mal „geil". Aber was bei uns noch „super" war, ist heute „mega" und „extreme". Wir sagten „leck mich am Arsch", heute heißt das: „fuck you".

Ach ja, was waren wir doch harmlos. Sprachlich waren wir jedenfalls weniger provokant als die heutigen Frischlinge, jedoch nicht so angepasst wie ein Großteil unserer Nachkommenschaft. Wir waren damals politisch, demonstrierten und opponierten. Wir haben auf unsere alten Karren die weiße Friedenstaube neben das Atomkraft-nein-danke-Schild geklebt und an Sitzstreiks teilgenommen – damals in unserem Frühling.

Im Laufe unseres Sommers richteten wir uns allerdings gemütlich ein – im Leben sowie im Wohlstand. Dem Aufbegehren folgten Nestbau und Routine.

Und jetzt im beginnenden Herbst? Meist begehren wir nurmehr gegen den eigenen Partner auf, denn so manche langjährige Intimbeziehung hat ihre Spuren hinterlassen.

Also, mir kann niemand erzählen, seine Liebe blühe im Herbst noch so frisch und bunt wie einst im Frühling.

40. Bettgeflüster

Früher kuschelten wir uns selig in Löffelstellung auf einer schmalen Matratze aneinander – Hauptsache Hautkontakt. Der Wunsch nach nächtlicher Nähe nimmt jedoch mit den Jahren ab. Die Betten werden immer breiter – und neuerdings auch höher, Stichwort: „Bockspring"! Wer hat sich den Namen eigentlich ausgedacht, da verspricht uns die Werbung mal wieder mehr, als sie halten kann.

Jedenfalls schlafen wir in Löffelstellung nur noch selten ein. Das ist traurig, aber vermutlich unausweichlich. Zumal im Laufe einer langjährigen Intimbeziehung ziemlich schnell alle Schranken des Anstandes fallen.

Allzu menschliche Geräusche, hervorgerufen durch eine intakte Verdauung, unterdrückt er schon seit Jahren nicht mehr. Aber das ist ein Furz gegen das, was uns jenseits der 50 erwartet. Männer entwickeln in ihren besten Jahren nächtliche Gewohnheiten, die mit ganz anderen Geräuschen einhergehen. Schnarchen, Grunzen und auch Schmatzen sind durchaus keine Ausnahmen. Aber dann irgendwann beginnt der Bettnachbar – ohne jeglichen Grund – nachts plötzlich zu stöhnen!

Glaubt Mann eigentlich, das sei sexy?

Vielleicht waren solche Laute evolutionsbedingt dereinst sinnvoll. Mag sein, dass Knurren und Blähen zu Zeiten der Neandertaler wilde Tiere abschreckten.

Aber wir leben ja nicht mehr in Höhlen. Trotzdem stöhnen und grunzen „reife" Männer, als gelte es, ein Mammut zu vertreiben. Ab einem bestimmten Alter kommt erschwerend die nächtliche Bettflucht hinzu. Kaum ist Frau, begleitet von seinen Knurrlauten, eingedöst, macht er plötzlich Licht, erhebt sich stöhnend von der Bettkante, verlässt das Schlafgemach in Richtung Bad, um sich anschließend am Kühlschrank zu vergehen. Und sie denkt: „Mein Gott, warum habe ich ihn nicht einfach auf dem Sofa vor dem Fernseher liegen lassen? Dann hätte ich jetzt meine Ruhe."

Die einzige Lösung dieses Problems: getrennte Schlafzimmer. Ich bin darum vor einem halben Jahr nach oben ins verwaiste Zimmer meines Sohnes gezogen. Mein Mann und ich führen seither eine nächtliche Fernbeziehung. Und ich gebe die Hoffnung nicht auf, dass er eines Nachts stöhnend sein Schlafgemach verlässt, um sich mal wieder an mir, statt am Kühlschrank zu vergreifen.

Ja, Männer machen ab einem bestimmten Punkt einen beschleunigten Alterungsprozess durch, das ist Fakt. Sie reifen irgendwie anders als wir Frauen.

41. Avocado

Männer werden nicht müde, sich und uns einzureden, sie würden im Alter immer attraktiver. Ihr Motto lautet: „Graue Schläfen sind sexy!" Papperlapapp!

Männer sind wie Avocados. Sie reifen wie diese birnenförmigen Früchte mit der grün-braunen, schrumpeligen Haut. Hast du so eine Avocado abgeschleppt, ist sie meist steinhart und du denkst: Gut, dann lasse ich sie im Obstkorb nachreifen. Täglich drückst du dann auf ihr herum, überprüfst, ob sie endlich genießbar ist, um sie enttäuscht zurück in den Obstkorb zu legen.

Tja, und dann kommt der Moment des perfekten Reifegrades – aber du hast grad keine Verwendung für sie. Am nächsten Tag schneidest Du die Avocado auf – aber zu spät! Ihr Fruchtfleisch ist bereits braun und fasrig

So reift auch der Mann. Von einem Tag auf den anderen ist er plötzlich überreif. Ab diesem Punkt heißt es für seine Partnerin: Augen zu und tapfer weiterlieben!

Der Mann kann nichts dafür, er macht naturgemäß diesen zügigen Reifeprozess durch. Wie bei uns Frauen sinkt auch sein Hormonspiegel, auch er ist körperlichen Veränderungen ausgesetzt. Es scheint ihn nur viel weniger zu stören als uns. Männer stehen nicht morgens mit Tränen in den Augen vor dem Spiegel. Nein, so funktioniert Mann nicht. Er schaut mit 30 das letzte Mal bewusst in den Spiegel und speichert dieses Bild auf seiner Festplatte ab: schreibgeschützt! Darum hält er sich auch mit 80 noch für attraktiv, für unwiderstehlich – beneidenswert.

Übrigens haben Männer diese Wahrnehmungsstörungen nicht nur, was ihr Selbstbild angeht.

42. Wahrnehmungsstörungen

Das männliche Auge sieht andere Dinge als das weibliche – und oft sieht es gar nichts. Beispiel: Ein Mann steht vor dem offenen Kleiderschrank, blickt auf fein säuberlich auf Bügeln aufgereihte Kleidung, kann aber ein bestimmtes Hemd nicht finden. Darum ruft er seine Frau: „Liebling, wo ist mein blau gestreiftes Hemd?" In der Regel erhält er die Antwort: „Im Schrank!" Dieser Hinweis schärft jedoch seinen Blick nicht, im Gegenteil: Jetzt verschwimmt alles vor seinen Augen, was den Mann ungehalten werden lässt, und er darum genervt ruft: „Nein, hier ist es nicht!" Auch ein „Es muss dort sein!", wird ihm nicht helfen. Denn: Wenn er auf den ersten Blick überzeugt ist, etwas nicht zu sehen, beharrt er auf dieser Überzeugung, was ihn quasi erblinden lässt. Und das weiß natürlich die kluge Ehefrau.

Männer leiden an temporären Wahrnehmungs-störungen – und dieser Defekt ist nicht therapierbar. Liebling muss darum einschreiten, das blau gestreifte Hemd direkt vor seiner Nase aus dem Schrank zerren und in freundlichem Ton sagen: „Aber hier ist es doch, mein Schatz!" Der Tonfall ist dabei äußerst wichtig. Jetzt bloß nicht ebenfalls genervt reagieren, denn der arme Mann kann ja nichts dafür: Ist seine Frau in der Nähe, kann er nicht klarsehen. Das macht er nicht mit Absicht. Weder Schuhcreme, Salzstreuer, Schraubenzieher noch Finanzamtsunterlagen kann er in Gegenwart seiner Frau erkennen. Ist sie außer Sichtweite, sieht er plötzlich wieder scharf – nur leider Blumenläden nicht.

*Ich weiß nicht, wann mein Mann mir – außerhalb
von Geburts- und Hochzeitstagen –
das letzte Mal Blumen mitgebracht hat.
Er fühlt sich ja bereits davon überfordert, dass ich
einmal im Jahr Geburtstag habe.
Ein großer Schenker ist er wahrlich nicht. Das
durfte ich bereits nach seiner ersten kurzen
Werbe-Phase vor vielen, vielen Jahren feststellen.
Seither habe ich mich – wie wir Frauen nun mal
sind – in mein Schicksal gefügt.
Zum Glück verfüge ich über eine blühende
Fantasie, also aufgepasst, Lutz:*

43. Treuepunkte

Ich bin in all den Jahrzehnten meiner glücklichen Ehe nicht ein einziges Mal fremdgegangen. Und was habe ich jetzt davon? Einen Stapel Treuepunkte, die ich nirgends einlösen kann.

So allein im getrennten Schlafzimmer frage ich mich in stiller Stunde schon manchmal: Soll ich meine gesamte Restlaufzeit den Spatz in der Hand behalten – oder mir nicht doch mal so eine knusprige Taube vom Dach angeln? Gesetzlich verboten ist das nicht. Und die Gefahr, in die Hölle zu fahren, weil Frau einen anderen begehrt, steht heute ja nicht mehr zu befürchten. Warum also nicht? Und wenn nicht jetzt, wann dann? Außerdem: Davon zu fantasieren, die Kontrolle zu verlieren, ist erlaubt. Die Gedanken sind frei.

Und mein Mann? Er ist sich meiner so sicher – so verdammt sicher. Irgendwie weckt gerade das die Rebellin in mir, führt mich in Versuchung, macht Lust auf knusprigen Taubenbraten.

Meine Mutter sagte immer: „Wer Zwieback nie im Bette aß, weiß nicht, wie Krümel piken." Warum sich also nicht mal piksen lassen? Gleichzeitig warnte meine Mutter aber: „Wer sich in Gefahr begibt, kommt darin um."

Was setze ich für einen Bett-Krümel also aufs Spiel? Klar: die gewohnte Bequemlichkeit unserer lang erprobten Symbiose. Nicht mehr − aber auch nicht weniger.

Es gilt somit abzuwägen zwischen „einmal noch die Kontrolle verlieren" und der bequemen Kuhle im Sofa − zwischen: „Neue Besen kehren gut" und „Alte Handtücher trocknen besser ab".

Ich bin (vorerst) mit mir selbst übereingekommen, es bei dem alten Handtuch zu belassen. Ich halte es mit dem alten Werbeslogan von Persil: „Persil, da weiß man, was man hat!"

Außerdem habe ich inzwischen sehr viel in unsere Beziehung investiert. Es ist wie beim Pokern: Irgendwann kommst du an den Punkt, da bleibt dir nichts übrig als „All in" zu gehen.

Aber führe mich nicht in Versuchung...

Es liegt nicht an meinem geschätzten Lebenspartner, dass derlei Gedanken von Zeit zu Zeit in meinem Kopf herumschwirren. Auslöser sind vielmehr mein Lebenshunger und die eheliche Routine, die sich diametral gegenüberstehen.

44. Fremdgehen

Mein Mann und ich haben den goldenen Herbst genutzt: Wir haben uns ein Wochenende am Meer gegönnt. Runter vom Sofa, raus aus den vier Wänden. Frischen Wind in unsere Beziehung bringen. Wir wollten die Nordseebrise unsere Zweisamkeit auffrischen lassen.

Ach, war das herrlich: Gemeinsam haben wir unbekannte Wege eingeschlagen.

Allerdings schliff sich ruck-zuck Routine ein: Wie selbstverständlich belegte jeder kurz nach der Ankunft seinen eigenen festen Platz in der kleinen Ferienhaus-Küche. Auch im Schlafzimmer gab es keine Diskussion bei der Bettenwahl. Wir entschieden uns einfach für dasselbe Muster wie zu Hause: Er links, ich rechts. Der Mensch ist ein Gewohnheitstier.

Am ersten Tag machten wir einen Spaziergang am Deich entlang, legten eine Kaffeepause in einem Bistro mit Blick aufs Meer ein und gingen anschließend durch den Ort zu unserer Ferienwohnung zurück. Tags darauf führte unser Weg erneut am Deich entlang zu „unserem Bistro" und zurück durch den Ort „nach Hause". Routine.

Am dritten und letzten Tag schlug mein Mann nach dem gewohnten Kaffee-Stopp wie selbstverständlich den Weg in Richtung Stadt ein – fest davon überzeugt, ich würde ihm folgen. Aber mir geisterte ein anderer Weg durch den Kopf. „Lass uns am Strand zurückgehen", schlug ich vor. Seine Antwort überraschte mich nicht: „Aber wir sind immer hier entlanggegangen" – sprach's und bog auf den gewohnten Pfad ab.

Ich weiß nicht warum, aber plötzlich übermannte mich unwiderstehlich die Versuchung, ein Aufbegehren stieg in mir hoch: Ich drehte um und schlug wortlos den Weg zum Meer ein – allein.

Mehr als eine Stunde spazierte ich entlang der Wasserlinie. Meine Füße von Nordseewellen umspült, den Kopf sich treiben lassend im Irgendwo – nirgendwo.

Ich bin fremdgegangen.

Damit die Routine unser Leben nicht völlig vereinnahmt, ist es manchmal notwendig, eigene, unbekannte Wege zu gehen.

45. Neue Wege

Wer sich selbst nicht verlieren will, muss von Zeit zu Zeit neue Pfade einschlagen und „darf andere nicht nach dem Weg fragen" (um hier nochmals den Freigeist Watzlawick zu zitieren). Das erfordert nicht nur Mut, sondern auch eine gehörige Portion Kompromisslosigkeit. In mancher Ehe ist die eigene Neuorientierung jedoch der einzige Ausweg. Verzweiflung und Ausweglosigkeit fordern ihn geradezu heraus.

Ich weiß von guten Freundinnen, die sich nach langjährigen Ehen getrennt haben, wie langwierig, mühsam und schmerzhaft es ist, einen Weg aus der Sackgasse zu finden. Dieser Ausweg ist stets begleitet von Schuldgefühlen, Rückschlägen und Selbstzweifeln. Erst, wenn man es geschafft hat, aus dem Dickicht der widersprüchlichen Gefühle herauszutreten, sieht man den Horizont wieder.

Ich habe mir auf anderem Gebiet neue Pfade gesucht – beruflich. Ich habe ausgetretene Wege verlassen und mich schlussendlich neu erfunden. Auch diese Kehrtwende hatte schmerzliche Phasen und war von Selbstzweifeln begleitet.

Im Alter von 51 Jahren hängte ich meinen geliebten Job als Lokaljournalistin an den Nagel. Das hatte mehrere Gründe, einer davon: Als freie Mitarbeiterin war kein Geld mehr zu verdienen. Die letzten Jahre hatte ich mich nur noch ausbeuten lassen. Darum zog ich ohne sicheren Rettungsschirm die Reißleine.

Im freien Fall versuchte ich, als Texterin und Kolumnistin Geld zu verdienen. Ich schrieb Artikel für Online-Portale, Werbeagenturen und Zeitungen. Nebenher nahm ich Jobs als Modeverkäuferin an, strickte und häkelte Mützen, die ich auf Kunsthandwerker-Märkten verkaufte und durch-forstete unablässig Job-Angebote. Immer an meiner Seite: meine Freundin Birgit. Sie unterstützte mich und machte mir Mut. Ich sehe uns noch den ersten improvi-sierten Marktstand in Norderstedt aufbauen und meine Mützen-Unikate feilbieten. Welch ein Spaß! Es machte nicht reich, aber irgendwie glücklich.

In den Wintermonaten strickte ich oft bis spät in die Nacht hinein. Tagsüber schrieb ich Bewerbungen für Kunsthand-werkermärkte, ging auf Schnäppchenjagd nach günstiger Wolle, und an den Wochenenden verkaufte ich Mützen. Im Sommer verfasste ich Texte, die meist schlecht be-zahlt wurden. Ich schrieb über die Funktion von Aufzügen, über Ausflugsziele im Naturpark-Aukrug, über das Ren-tensystem und immer mal wieder lustige Kolumnen für das Hamburger Abendblatt. Letztere machten mir am meisten Spaß. Satirische Texte waren schon immer mein Ding. Darum schrieb ich auf Vorrat Glossen zum Thema „Die Frau in der Menopause". Mein Plan war, sie als re-gelmäßige Kolumne an eine Zeitschrift zu verkaufen. Bei den einschlägigen Verlagen stieß ich jedoch auf taube Oh-ren, denn die Blätter hatten bereits alle ihre festen Ko-lumnistinnen.

Diese Absagen, das Minus auf meinem Konto und die mangelnde Perspektive, stürzten mich in regelmäßigen Abständen in Verzweiflung. Mit neuen Ideen und Projek-ten versuchte ich dagegen anzukämpfen. Ich bewarb mich sogar als Trauer-Rednerin.

Ein Zufall brachte die Wende: An einem Novembertag 2013 traf ich beim Einkaufen die Vorsitzende des Quick-borner Landfrauenvereins. Ihr war am selben Tag eine Referentin für den zwei Wochen später stattfindenden Vereinsabend abgesprungen und darum fragte sie mich:

„Bibi, kennst Du nicht jemanden, der einspringen könnte?"

Ich weiß nicht mehr, was mich dazu bewegte, aber Fakt ist, zwischen den Supermarktregalen sagte ich, ohne zu zögern: „Ja, mich! Ich kann meine Glossen vorlesen." Keine fünf Minuten später waren wir uns einig – der Startschuss für mein neues Leben war gefallen.

In den folgenden zehn Tagen bereitete ich mich auf meinen ersten Auftritt vor, las mir meine Geschichten wieder und wieder selbst vor. Als langjährige Amateur-Schauspielerin hatte ich zwar keine Angst, vor Publikum aufzutreten, dennoch ging mir die Muffe: Wie werden meine Texte ankommen? Kann ich die Landfrauen erheitern?

Ich konnte. Die Lesung wurde ein voller Erfolg. Mein Publikum schüttete sich aus vor Lachen und genoss den Abend sichtlich. Ich war überglücklich.

Selbstverständlich hatte mich Mutmacherin Birgit an diesem Abend begleitet. Im Anschluss zogen wir zur großen Siegesfeier in unser Lieblingsrestaurant. Dort hauten wir meine erste Gage samt und sonders auf den Kopf.

Und welch ein Wunder: Keine zwei Wochen später flatterten die ersten Anfragen anderer Landfrauenvereine ins Haus. So habe ich mich – mit einem kleinen Stups des Schicksals – neu erfunden.

Inzwischen sind Jahre, in denen ich mich immer professioneller aufstellte, vergangen. Ich feilte an den Texten und der Darbietung, schaffte Technik an und holte Ina als Bühnenpartnerin ins Boot. Heute möchte ich meinen Job mit nichts und niemandem mehr tauschen und am liebsten die Zeit anhalten.

46. Im Schnell-Durchlauf

Oh mein Gott, wie die Zeit rast: Morgen beginnt schon der November. Erstes untrügliches Zeichen des herannahenden Winters: Ich gehe abends mit kalten Füßen ins Bett. „Auch der Herbst hat schöne Tage", heißt es, aber die ziehen ja stets in Tornado-Geschwindigkeit vorbei. Kaum haben sich die ersten Blätter gelb und rot gefärbt, steht auch schon Weihnachten vor der Tür.

Weihnachten klingelt ja nie, kündigt sein Kommen nicht an, sondern kommt einfach frech hereinspaziert. Kaum hat man sich mit Taschentüchern bevorratet und den Eiskratzer im Auto postiert, ist auch schon der erste Advent – und ich habe noch kein Geschenk. Wie jedes Jahr nehme ich mir auch jetzt vor, schon mal eine Liste mit möglichen Weihnachtsgeschenken anzufertigen und einen Präsente-Vorrat anzulegen, damit mich Weihnachten nicht wieder komplett unvorbereitet trifft und aus der Bahn wirft. Ich befürchte nur, es wird auch dieses Jahr nicht klappen.

Und das liegt nicht an mir, nein! Die Zeit ist schuld. Der Kalender suggeriert, es lägen noch acht Wochen zwischen heute und dem 24. Dezember. Aber die Zeit vergeht jetzt ganz anders als beispielsweise im Frühjahr. Zwischen Januar und April scheint sie zu kriechen, der Kalender stellt auf Zeitlupe um. Im Herbst hingegen spult er im Schnell-Durchlauf vor – schwuppdiwupp ist Heiligabend und kurz darauf Silvester.

Also von mir aus könnte man gern dazu übergehen, Weihnachten und den Jahreswechsel nur alle zwei Jahre zu feiern – oder wie Olympia: nur alle vier Jahre. Das wär's doch: Dann bräuchte ich mir nur alle vier Jahre Gedanken über ein passendes Geschenk für meine nervige Schwippschwägerin machen.

Die Auswahl der richtigen Präsente ist in unserer modernen Wohlstandsgesellschaft mittlerweile zur Herausforderung geworden.

47. Die Tonkabohne

Dieses Jahr lasse ich mich nicht stressen. Dieses Jahr müssen es nicht tausend selbstgebackene Kekse sein – 500 reichen auch. Dieses Jahr wird nicht auch noch die Gästetoilette weihnachtlich dekoriert, das Silber geputzt, die Fenster gewienert und die Gans selbst gerupft. Wer verdammt, braucht eigentlich sieben Tage im Jahr einen Baum im eigenen Wohnzimmer? Scheiß doch auf deutsche Gemütlichkeit!

Ich werde achtsam mit mir sein – achtsam. Achtsamkeit ist das Gebot der Stunde – gerade jetzt in der beginnenden Vorweihnachtszeit. Wie heißt es so schön: „Das Leben ist ein Geschenk". Aber man bekommt vom Leben ja leider nichts geschenkt. Erst recht nicht zu Weihnachten

– und erst recht nicht als Frau. Im Gegenteil: Frau muss alle anderen beschenken. Aber was, zum Teufel?

Es muss etwas Persönliches sein. Nichts, das die Verzweiflung des Schenkers dokumentiert. Nichts, was Mann auf den letzten Drücker in irgendeinem Geschäft aus dem Regal zerrt und vor Ort gleich einpacken lässt.

Besser etwas Selbstgemachtes. Das geht immer. Aber bitte ökologisch sinnvoll, möglichst vegan und bio. Zum Beispiel selbstgemachte Marmelade.

Problem: Man muss dafür schon im Sommer an Weihnachten denken, also sehr langfristig planen. Kleiner Tipp von mir: Wer den Erntezeitpunkt der Erdbeeren verpasst hat, verwende tiefgefrorene Früchte. Einfach eine Tüte TK-Ware aus dem Supermarkt, dazu ein Paket Gelierzucker, ab nach Hause, alles in den Topf, fünf Minuten aufkochen – fertig! Für den individuellen Touch – der ist unverzichtbar – noch kurz eine Ingwer-Knolle von Aldi in die rote Masse gerieben, oder eine Tonkabohne im Glas versenkt. Das macht Eindruck.

Problem ist nur, wenn der Beschenkte eine Fruktose-Intoleranz oder eine Abneigung gegen raffinierten Zucker hat. Jeder hat doch heutzutage seine eigene Intoleranz: der eine ist Vegetarier, der andere verzichtet auf Kohlenhydrate, der nächste lebt glutenfrei und der letzte futtert nur Omega-3-Fettsäuren mit möglichst vielen freie Radikalen. Auf dem Gebiet der Ernährung sind heute alle radikal: Es herrscht Null-Toleranz in Sachen Intoleranz!

Darum ist Schenken zu einer Gratwanderung geworden, ein regelrechter Hochseilakt.

Das ist sogar wissenschaftlich belegt. Eine Statistik besagt: Nur 48 Prozent der Deutschen freuen sich über jedes Geschenk. Wir sind alle so anspruchsvoll geworden –

nichts kann man uns recht machen. Ich darf mich da selbst nicht ausnehmen: Vor zwei Jahren habe ich von meiner Schwester zu Weihnachten eine Fußmatte bekommen. Eine Fußmatte mit der Aufschrift: „Mutti macht das schon". Mal ehrlich, wer freut sich bitte über einen Fußabtreter mit dem Spruch „Mutti macht das schon"? – also ich nicht!

Trotzdem liegt er seither in unserem Hauswirtschaftsraum. Ich habe ihn blöderweise nicht umgetauscht. Seit zwei Jahren ärgere ich mich darum täglich über diesen blöden Vorleger.

Andere Menschen gehen radikaler vor. Neueste Umfragen besagen: 28 Prozent der Deutschen tauschen ihre Präsente um. Und diese Zahl wächst von Jahr zu Jahr. Ja, der Mensch ist nie zufrieden – kann er laufen, will er fliegen.

Die Konsumsucht greift unaufhaltsam um sich.
Kaufen und Tauschen ist zum Volkssport geworden.

48. Taubenschlag

Je näher es auf Weihnachten zugeht, desto größer der Kaufrausch. Das merke ich daran, dass ich zu rein gar nichts mehr komme. Stehe ich unter der Dusche, klingelt es an der Haustür. Habe ich gerade meine Unterhose angezogen, läutet es wieder. Später, wenn ich grübelnd vor meinem Laptop sitze, muss ich erneut an die Tür. So geht es den ganzen Tag – wie im Taubenschlag.

Es sind keine unerwarteten Besucher, die Einlass begehren, nein: Es sind Pakete. Erst klingelt UPS, dann Hermes und schließlich DHL. Meterhoch stapeln sich täglich Pakete in meinem Flur.

Man könnte meinen, ich sei der Internet-Shopping-Sucht verfallen. Aber nichts da! Ich gehe noch ganz klassisch in Geschäften einkaufen. Meine Kinder allerdings halten Bummeln für „oldschool".

Aber nicht nur sie – meine Nachbarn ebenfalls: Frau Schmidt bestellt täglich, Frau Lehmann ist eine regelrechte Internet-Schnäppchen-Jägerin, und Herr Müller muss inzwischen sämtliche Handwerkgeräte besitzen, die je erfunden wurden. Ich muss es wissen, sie wurden schließlich sämtlich bei mir angeliefert – man tut seinen Nachbarn ja gern mal einen Gefallen.

Ich will den Paket-Boten nichts unterstellen, bin aber überzeugt davon, sie klingeln gar nicht erst beim tatsächlichen Adressaten, sondern steuern sofort meine Haustür an. Sie wissen, ich bin zu Hause in meinem Home-Office und arbeite – jedenfalls wenn ich dazu komme.

Wegen dieser ständigen Unterbrechungen am Tage, habe ich meine Schaffensphasen in die Abendstunden verlegt.

Aber das geht erst recht nicht. Denn abends herrscht erneut starker Taubenflug: Erst holt Herr Müller seine neue Fräse ab, dann klingelt Frau Schmidt. Punkt acht, wenn die Tagesschau beginnt, ist die nächste zur Stelle: Frau Lehmann.

Die Lehmannsche ist inzwischen so unverfroren, dass sie meinen Flur frech zur Umkleidekabine umfunktioniert. Auf unserem Treppenabsatz reißt sie ihr Paket auf: „Ich darf doch schnell mal...?" und zieht ruck-zuck vier verschiedene Blusen über, posiert damit vor unserem Garderoben-Spiegel, bittet mich um fachkundige Kommentare, um anschließend alle vier Sonderangebote zusammenzuknüllen und in die Verpackung zurückzustopfen: „Können sie das bitte morgen dem Hermes-Boten mitgeben?"

Das Internet-Shopping ist zu meinem Fluch geworden. Ehrlich: Manchmal sehne ich mich in die Zeit der Brieftauben zurück. Selbst schuld, ich kann ja auch einfach nicht nein sagen!

Aber der Hermes-Bote und die liebe Nachbarschaft werden sich wundern. Ab nächster Woche werden sie mich nur noch sporadisch zu Hause antreffen. Denn übermorgen setzt sich unser Weihnachts-Wander-Zirkus in Bewegung. Ina und ich proben und packen bereits. Für jeden Auftritt beladen wir den Kofferraum bis zum Anschlag mit Requisiten, Technik und Kostümen – dann geht's los.

49. Weihnachts-Zirkus

Advent: Um diese Zeit dreht das Duo „Bibi & Ina" regelmäßig auf dem Teller. Zwei bis dreimal pro Woche sind wir mit unserem Programm „Schräge Bescherung" auf Achse, außerdem beginnen die intensiven Proben mit unserer Theatergruppe. Von Besinnlichkeit keine Spur.

Während meine Freundin Birgit jetzt ihr Heim hübsch dekoriert, Adventsgestecke bastelt, sich auf Kunsthandwerker-Märkten, an Glühwein-ständen und auf Weihnachtsfeiern herumtreibt, schreiben wir Ablaufpläne, sortieren Requisiten und dann geht's auf Tour.

Die erste Weihnachtsaufführung des Jahres ist stets von Panik begleitet: Sitzt der Text? ... klappt es mit dem Umziehen zwischen den Sketchen? ... sind die Gedichte parat?... wie wird das Publikum reagieren?

Und dann öffnet sich für uns die Weihnachts-Wundertüte zwischen Börm in Schleswig-Holstein und Esens in Ostfriesland:

In Schwarzenbek harren wir fix und fertig kostümiert in einer kalten Abstellkammer aus, warten auf unseren Auftritt. Aber der Jagdbläserchor, der die Weihnachtsfeier einleitet, will einfach kein Ende finden. Zu Eis erstarrt, 'Die Sau ist tot' im Ohr, betreten wir mit gefühlt einer Stunde Verspätung den großen, überheizten Saal. Es herrschen 35 Grad Raumtemperatur. Als ich kurz darauf Ina in einem Sketch gegenübersitze, beobachte ich gebannt zwei Schweißperlen auf ihrer Stirn, die sich ganz langsam eine Verfolgungsjagd in Richtung Nase liefern.

Zwei Tage später kommen wir in einem Gasthaus irgendwo in Ostholstein an – es ist geschlossen. Bepackt wie die Esel umrunden wir das Gebäude auf der Suche nach Lebenszeichen und klopfen schließlich wild ans Küchenfenster. Es wird uns aufgetan. Eine muffig dreinblickende Wirtin begrüßt uns mit den Worten: „Was wollen Sie denn hier?" und wir antworten: „Wir möchten zur Weihnachtsfeier der Landfrauen auftreten." Widerwillig lässt uns die „freundliche" Gastgeberin eintreten. Wir drängen uns mit Sack und Pack durch die halb geöffnete Tür, fragen munter nach den Räumlichkeiten und ob eine Bühne zur Verfügung stehe. „Nein, in dem Raum, den die Landfrauen gebucht haben, können Sie nicht auftreten, dort gibt es keine Bühne", erhalten wir zur Antwort.

„Wollen wir doch mal sehen", schlägt Ina vor und hat auch flugs einen Plan im Kopf: „Wenn wir den Tannenbaum zur Seite schieben und diesen Tisch nach hinten stellen, müsste es gehen." Oh, böse Falle! Regelverstoß! Ina bekommt die Rote Karte: „Sie fassen mir hier nichts an", poltert die gestrenge Gastwirtin los, „ich bin Perfektionistin. Finger weg!"

Auf unsere anschließende Frage, in welchem Raum wir uns für die wechselnden Auftritte umziehen könnten, erhalten wir erneut einen Platzverweis: „Nirgends! Alle Räume sind belegt." Ohne weitere Nachfragen okkupieren wir kurzerhand ungefragt das Behinderten-WC, was uns wutschnaubende Gegenwehr einbringt. Wir ignorieren sie geflissentlich. Nach der Stromversorgung für unsere Technik fragen wir darum gar nicht erst. Ina dreht kurzerhand dem Tannenbaum den Saft ab und dann geht's auf die nicht vorhandene Bühne.

Der Applaus und das Lachen der Landfrauen entlohnen uns kurz darauf für das vorherige Ungemach. Auf unser Publikum ist Verlass. Na ja, um ehrlich zu sein, nicht ausnahmslos.

Irgendwo in der Lüneburger Heide hockt am zweiten Advent eine Schar festlich gekleideter Weihnachts-Dinner-Besucher lustlos an Tischen und stochert im knochentrockenen Entenbraten. Solch kulinarische Leckerbissen bilden stets die beste Voraussetzung für erfolgreiche Auftritte in den Menü-Pausen. Nach der kalten Vorspeisen-Suppe hat Inas Motivation bereits den Gefrierpunkt erreicht. Ganz Profi, versucht sie, sich nichts anmerken zu lassen. Bei jedem Gedicht legt sie noch eine Schippe drauf, spielt tapfer gegen das betretene Schweigen im Saal an.

Aber in der Dessert-Pause platzt ihr hinter der Bühne der Kragen: „Ich lese kein einziges Gedicht mehr vor, kein einziges!", wütet sie, „wir bauen sofort ab, kassieren und verschwinden unverzüglich. Glaub nicht, dass ich mich mit denen hinterher noch an die Tische setze", schimpft sie. Es fallen Sätze wie „Perlen vor die Säue werfen" und immer wieder ihr Mantra: „kein einziges Gedicht mehr!"

Aber natürlich geben wir schlussendlich auch noch unsere „liebestolle Weihnachtsgans" zum Besten und mischen uns unter die Gäste. Und wer hätte das gedacht: Ina schlägt an jedem Tisch helle Begeisterung des zuvor so schweigsamen Publikums entgegen. Es fallen Sätze wie: „Ich hätte Ihnen noch Stunden zuhören können", „also, Ihre Stimme!" und „so tolle Gedichte und wie Sie die vortragen", „Sie sind doch Profi, welche Schauspielschule haben Sie denn besucht?"

Tja, man weiß doch nie, wie es kommt:

Lustig ist das Zigeunerleben – Faria faria ho!

Unser Gänse-Gedicht darf an dieser Stelle natürlich nicht fehlen.

Die liebestolle Weihnachtsgans

Die Weihnachtsgans Ludmilla B.
nahm im Herbst ein Bad im See.
Sie dachte nichts – schwamm vor sich her,
weil Denken fällt den Gänsen schwer.

Sie ahnte nicht, was dann passierte,
dass Amor sich am See postierte.
Sein Bogen war recht stark gespannt,
ein Karpfen in Ludmillas Richtung schwamm.

Es machte 'Pling!' – sie ward getroffen
und hatte sich im Nu verschossen
in die steilen Rückenflossen
dieses ollen Schuppen-Zossen.

Sie war ganz hin, sie war ganz weg,
der Pfeil saß im Winterspeck.
„Schwimm nicht fort, Du schöner Fisch,
Ich liebe Dich! – mich hat's erwischt!"

Der Karpfen dacht: „Was ist hier faul?",
schnappt nach Luft mit seinem fetten Schlabbermaul:
„Die Dicke meint doch wohl nicht mich,
sie ist ne Gans – ich bin ein Fisch!"

„Du blöde Gans, bist wohl gestört,
hast Du den Schuss denn nicht gehört?

Nicht mal in wilder Fantasie
treib ich es mit 'nem Federvieh!"

Von so viel Ignoranz getroffen,
Ludmilla wär' fast abgesoffen.

Von der Liebe schwer enttäuscht,
watschelnd sie nach Hause läuft.

Doch in der Nacht, im Stall sodann,
reift in ihr ein toller Plan.
Um den Karpfen zu verführen,
den Fisch an nackter Haut zu spüren,
beginnt sie still, sich selbst zu rupfen,
ihr Federkleid zurechtzustutzen.

An einer ganz bestimmten Stelle
macht sie sich nackt – ganz auf die Schnelle.
Die Daunen sind recht fix entfernt –
Intim-Rasur ist ja modern!

So geht's zum See bevor der Morgen graut,
selbstverliebt – in nackte Gänse-Haut.
Es dauert keine fünf Sekunden,
da hat sie ihren Fisch gefunden.

Der dreht zu dieser frühen Stunde
dösig seine erste Runde.
Die Flossen schlaff im Wasser treiben,
es geht ihm gut, so kann es bleiben.

Doch die Gans in ihrem Wahn
schwimmt wackelnd an den Karpfen ran.
Dabei stört sie seine Kreise,
sie ist recht forsch – und gar nicht leise:

„Komm lass uns zwei im Modder wühlen,
will Dich an meiner nackten Stelle fühlen!",
erneuert sie den Liebesschwur,
diesmal mit Intim-Rasur!

Der Fisch geht hoch wie zwei Granaten:
„Du dusseliger Weihnachtsbraten,
sieh zu, dass Du dich schnell verziehst -
ich treib es nicht mit Federvieh!"

Ludmilla ist darauf geknickt,
weil der Karpfen sie nicht ... mag.
Das ist für sie ein rabenschwarzer Tag.

Wär' das Gänschen schlau gewesen,
hätte es jetzt aufgegeben.
Doch Denken liegt den Gänsen nicht,
drum geht es weiter, das Gedicht.

Ludmilla ändert nicht den Plan,
legt einen zu, nen vollen Zahn:
„Wenn der Fisch mich nicht erhört,
weil mein Federkleid ihn stört,
muss ich wohl auf's Ganze gehn,
radikal! − er wird schon sehn."

Nacht um Nacht ist sie am Zupfen,
sich jede Feder auszurupfen.
Und täglich, wenn der Morgen graut,
zeigt sie dem Fisch mehr Gänse-Haut!

Doch erntet sie nur Ignoranz,
die liebestolle Weihnachtsgans.

Viele Wochen geht das so,
Ludmilla friert bereits am Po...

Nun steht schon Weihnachten bevor −
euch schwant schon was? Ihr habt Humor!

Denn wie es Brauch und gute Sitte,
kommt Bauersfrau mit ihrer Bitte:
„Hein! Zum Fest woll'n wir nicht schmachten,
es ist Zeit, ne Gans zu schlachten!"

Hein schnappt sich das Hackebeil,
schwankt damit zum Gänsestall –
und weil er nicht mehr nüchtern ist,
traut er seinen Augen nicht:

„Hab ich zu tief ins Glas geguckt?
- die eine Gans ist ja gerupft!"
Das kommt dem Hein ganz gut zu Pass,
denn Rupfen macht ihm wenig Spaß.

Er kriegt den Nackedei zu fassen,
so muss die Gans ihr Leben lassen.

Zwei Tage später schmort die Göre,
bereits in heißer Ofenröhre.

Silvester dann – kommt auf den Tisch,
der ignorante, olle Fisch.
Er war recht zäh, lag schwer im Magen,
glaubt man den bäuerlichen Klagen.

Und die Moral von dem Gedicht:
Es lohnt sich einfach nicht,
sich für 'nen Karpfen quer zu legen,
das kostet Dich Dein schönes Leben.

Du machst Dich nackig – ohne Sinn,
und er schaut nicht mal richtig hin.

50. Nichts ist besser als nichts

In Anbetracht der vielen Weihnachtsauftritte, bleibt mir äußerst wenig Zeit für Weihnachts-vorbereitungen. Aber man möchte es ja trotzdem gemütlich haben. Mein Mann ist da keine große Hilfe – im Gegenteil. Der Mann an sich ist in der Vorweihnachtszeit ja eher ein Störfaktor. Er liegt besonders jetzt gern und oft auf dem Sofa, während seine Frau emsig Vorbereitungen für das bevorstehende Fest trifft.

Bei uns ist das wie in der Mehrzahl aller deutschen Haushalte. Beispiel: Am Tag vor dem ersten Advent stehe ich auf einer wackeligen Leiter, um den großen Lichter-Stern im Fenster anzubringen. Mein Gatte beobachtet das gefährliche Szenario von seinem gemütlichen Aussichtspunkt aus – und dann sein Kommentar: „Du übertreibst es mal wieder, Liebling!"

Auch was die Besorgung lästiger Geschenke angeht, darf Frau nicht auf männliche Unterstützung zählen. Zum Glück haben wir vergangenes Jahr in der Familie den Beschluss gefasst, uns nichts zu schenken. Aber nichts ist ja nicht gleich nichts. Eine Kleinigkeit sollte es schon sein.

Ich habe mich darum an den Laptop gesetzt, um für Tante Hilde einen Kalender mit alten Familienfotos, für Bärbel handgestrickte Socken und für Susanne Duftseife aus echter Schafsmilch zu bestellen. Das war schnell erledigt. Kopfzerbrechen bereitet mir allerdings das Geschenk für Pralinen-Oma. Sie trägt diesen Spitznamen, weil sie uns zu jeder Gelegenheit nicht mehr ganz frisches Konfekt aus ihrer umfangreichen Sammlung schenkt.

Ich grübele gerade über der Frage, welche Kleinigkeit ich für sie besorgen könnte, als mein Mann plötzlich hinter mir steht:

„Was machst du denn da?"

„Ich recherchiere."

„Und was recherchierst du, wenn man fragen darf?"

„Ich suche nach Weihnachtsgeschenken."

Er zieht die Stirn kraus:

„Aber wir schenken uns dieses Jahr doch nichts – nur die Kinder, das war die Abmachung."

„Schon klar. Ich suche ja auch nur ein paar Kleinigkeiten, etwas zum Auspacken."

„Nichts ist nichts. Punkt."

„Aber Pralinen-Oma kommt doch wieder mit ihrer traditionellen Schachtel 'Edle Tropfen in Nuss' an – und dann hab ich nichts für sie."

„Abgemacht ist abgemacht. Basta."

„Nur eine Kleinigkeit zum Auspacken, sonst kommt doch keine Weihnachtsstimmung auf."

Sein Tonfall wird schärfer:

„Also ich verschenk nichts, wenn wir uns nichts schenken."

Dieser Spruch bringt mich auf die Palme:

„Du hast noch nie Weihnachtsgeschenke besorgt, auch nicht, als wir uns noch was geschenkt haben", keife ich.

Er schießt prompt zurück:

„Hör mal, ich habe das Geld für die Geschenke, die du verschenkt hast, verdient. Ist das etwa nichts?"

Frechheit! Kurz überlege ich, mich noch vor Weihnachten scheiden zu lassen, aber um des lieben Friedens Willen rudere ich vorsichtig zurück:

„Schon gut, schon gut. Sag mir lieber, was ich für Pralinen-Oma besorgen soll?"

„Pralinen!", schlägt er schelmisch grinsend vor und fügt hinzu:

„Ist da nicht noch ein Kasten 'Edle Tropfen in Nuss' vom vergangenen Jahr?"

Jetzt muss auch ich lachen:

„Pralinen?"

„Ja, ist doch besser als nichts, oder?"

So sind wir mit einer Prise Humor haarscharf einer vorweihnachtlichen Ehekrise entronnen – und seither ist der Ausspruch „nichts ist besser als nichts" unser Running Gag.

Übrigens: Meine bestellten Kleinigkeiten werden nächste Woche geliefert. Der Paketbote muss sie bei den Nachbarn abgeben, denn ich bin das letzte Mal in diesem mit Ina unterwegs. Wir reisen zum Saison-Abschluss nach Niedersachsen.

51. Endorphine und Promille

Wir stehen auf der Bühne. Die letzte Aufführung unseres diesjährigen Weihnachts-Zirkus neigt sich dem Ende zu. Beim Schluss-Applaus fallen Ina und ich uns überglücklich, erleichtert, aber auch etwas wehmütig in die Arme. Geschafft! Wir bauen unsere Technik ab, klönen in geschwätziger Laune noch eine Runde und packen ein.

Für die Nacht haben wir uns ganz in der Nähe bei Friederike, meiner Freundin aus Studientagen, einquartiert. Bevor es dorthin geht, beschließen wir in euphorischer Stimmung, einen Abstecher zum nahegelegenen Weihnachtsmarkt zu machen. Wir rufen Friederike an und treffen uns kurz darauf zu dritt am Glühweinstand. Hoch die Tassen: auf den Erfolg, auf die Freundschaft, auf das Leben!

Ausgelassen fügen wir dem Cocktail aus Adrenalin und Endorphinen einen Schuss Glühwein hinzu, verbrüdern uns mit einer Gruppe fröhlicher Menschen vom Nachbarstand, holen uns eine Grillwurst und dann noch einen Glühwein. Als Musik erklingt, tanzen wir zu dritt wild und ausgelassen zu „What a Feeling" auf dem Marktplatz in Ich-weiß-nicht-mehr-wo.

Gibt es etwas Schöneres, als an einem kalten Winterabend auf einem Weihnachtsmarkt mit der ganzen Welt zu feiern und Freundschaft zu schließen? Wie weggeblasen sind Stress, Pflichten und Verpflichtungen. Alles egal! Vom Glühwein benebelt, lassen wir uns im Hier und Jetzt fallen – grandios. Erst nach Mitternacht kommen wir durchgefroren, erschöpft, todmüde, aber zugleich aufgekratzt bei Friederike an – fest entschlossen, sofort in die

Betten zu sinken. Zuvor wärmen wir uns kurz am knisternden Kamin in der gemütlichen Stube auf, dann geht's in die Buntkarierten – so der Plan.

Beim ersten Glas Rotwein ist dieses Vorhaben ad acta gelegt. Wir kommen ins Quatschen – besser gesagt, Ina und Friederike kommen ins Quatschen. Ich stehe dabei zwar im Fokus, darf aber nur vom Spielfeldrand aus mitwirken. Friederike, die Freundin meiner wilden Jahre, und Ina, meine Busenfreundin im Jetzt, verbünden sich. Mein jugendliches Ich und mein Ich der Gegenwart treffen aufeinander und haben sich so einiges zu erzählen:

„Hat sie früher auch schon so wenig gegessen?"

„Ja. Sie hat immer ganz lecker für alle gekocht, selbst aber nur im Essen herumgestochert."

„Man mag doch in ihrer Gegenwart gar nicht richtig reinhauen."

„Wie sie immer auf dem Teller pickert."

„Macht Dir das auch ein schlechtes Gewissen?"

„Ja, sie verdirbt mir regelrecht den Appetit."

So ging es stundenlang über meinen Kopf hinweg:

„Draußen emanzipiert, spielt sie drinnen das Hausmütterchen. Es fehlt nur noch die gestärkte Schürze" – Ina nun wieder.

„Aber mit dem losen Mundwerk immer vorne weg" – Friederike.

„Ja, so ist sie" – beide unisono.

„Hallo, ich bin auch hier", versuche ich verzweifelt zu Wort zu kommen. Ich dringe jedoch nicht durch – und schenke mir darum noch ein Gläschen ein. Spät in der Nacht – es muss gegen 3.30 Uhr gewesen sein – habe ich genug. Mit den Worten „Ich muss ins Bett" erhebe ich mich von meinem warmen Plätzchen und versuche, voll konzentriert, einigermaßen gerade zum Bad zu wanken. Dort angekommen, sacke ich auf der Kloschüssel nieder – alles dreht sich. Als ich in voller Fahrt vom Karussell abspringe, haut es mich um. Wie ein gefällter Baum schlage ich vornüber. Dabei muss der Thermostat der Heizung im Weg gewesen sein. Mich aufrappelnd und nach der Zahnbürste tastend, spüre ich eine warme Flüssigkeit meine Wange herunterlaufen. Rot tropft sie ins Waschbecken. Oh ha! Nix wie ins Bett, denke ich nur noch.

Zitternd verlasse ich das Bad, rufe „Gute Nacht" in Richtung Wohnzimmer und wanke zum Gästezimmer. Wie ein Stein falle ich aufs Bett. Hänge noch mein linkes Bein über Bord, um das verdammte Karussell zu stoppen, und schlafe prompt ein.

Am nächsten Morgen um 9 Uhr klingelt der Wecker. Ich fühle mich trotz der Umstände einigermaßen frisch. Das böse Erwachen kommt erst beim Blick in den Spiegel: Mein linkes Auge ziert ein dickes Veilchen und die Braue ein blutiger Cut. Ich sehe aus wie nach einem K.o. in der 10. Runde – erbärmlich.

Mitleid von meinen Freundinnen erwartend, betrete ich zögerlich die Küche, aus der es bereits nach Kaffee duftet. Beim Anblick meines lädierten Auges sind Ina und Friederike kurz geschockt – aber nur ganz kurz. Im nächsten Moment brechen sie einstimmig in schadenfrohes Gelächter aus. Statt Mitgefühl und Sorge ernte ich Hohn und Spott.

Ina kann sich schier nicht mehr einkriegen. Im Minutentakt bricht sie wieder und wieder in ihr typisches, impertinentes Lachen aus. Welch Niedertracht! Ich sinne auf Rache – revanchiere mich, indem ich von ihrem peinlichsten Auftritt erzähle. Genüsslich schmücke ich die Geschichte aus. Inas Bruchlandung in Stade:

„Ach Ina, dir passiert so etwas ja nicht, du bist ja immer so diszipliniert. Aber ich erinnere an Stade! Nach einem unserer Auftritte dort saßen wir mit den netten Wirtsleuten noch in der Gaststube zusammen. Und wer hat dort zu tief ins Glas geguckt? Du Ina! Ich sehe dich noch, wie du zu fortgeschrittener Stunde loswankst, um das Klo zu suchen. Wir hörten dann nur ein Poltern und Klirren. Ina war auf ihren High Heels durch den dunklen Saal geirrt, über die finstere Bühne gestolpert, hatte das Gleichgewicht verloren und zwei im Weg stehende Scheinwerfer umgerissen. Klirrend gingen die Lampen zu Bruch. Du hast zwar keine Blessuren davongetragen, meine Liebe, das Frühstück am nächsten Morgen musstest du allerdings ausfallen lassen. Es ging dir erbärmlich – und so sahst du auch aus!"

Ja, wer Adrenalin und Endorphine mit Promille anreichert, stellt einen gefährlichen Cocktail her und darf sich hinterher nicht wundern.

Ich brauche wohl nicht zu erwähnen, dass mein Veilchen zu Hause ebenfalls Erheiterung statt Mitgefühl auslöste. Mein Problem ist jetzt: Wie erkläre ich das blaue Auge an Weihnachten meiner buckligen Verwandtschaft?

52. Nörgel-Bärbel

Am ersten Weihnachtstag fällt traditionell meine liebe Verwandtschaft bei uns zum Essen ein. Jedes Jahr dasselbe Schauspiel: In einer Hauptrolle Onkel Hermann. Hermann, der alte Schwerenöter. Schon vor dem Essen gibt der sich ordentlich die Kante – jedes Jahr. Spätestens beim Dessert ist er lull und lall. In diesem Zustand gibt er alljährlich die immer gleichen Zoten aus seinem bewegten Sexualleben zum Besten – sehr lustige Geschichten.

Was er gestern gegessen hat, weiß der alte Zausel heute nicht mehr, aber wen er in den 50er-Jahren flachgelegt haben will – und vor allem wie –, daran erinnert er sich bis ins kleinste Detail. Wir inzwischen auch. Nach 20 gemeinsamen Weihnachtsfesten kennen wir jedes seiner zotigen Abenteuer in- und auswendig. Darum lacht inzwischen niemand mehr über Gertruds geblümte Unterhose, noch über die rothaarige Anne-Marie, die vor sieben Jahrzehnten angeblich ganz scharf auf Hermann war. Allein er lacht – schallend laut. Amüsiert haut er dabei mit der Faust auf den Tisch bis das Geschirr tanzt.

Die arme Tante Hilde – seine Frau. Ich glaube, sie fiebert bereits ungeduldig ihrer eigenen Demenz entgegen.

Und ich? Ich fiebere dem ersten Weihnachtsfest ohne meine Schwägerin Bärbel (nicht mit Goldfaden-Bärbel zu verwechseln) entgegen. Ich nenne sie Nörgel-Bärbel. Sie zieht stets eine Flunsch wie ein hormon-gefolterter Teenager und hat an allem etwas auszusetzen. Das fängt alljährlich beim Weihnachtsbaum an: Kaum hat sie unser Wohnzimmer betreten und einen Blick auf unseren Baum geworfen, ruft sie: „Ganz schön schief. Also unserer ist schöner gewachsen" – Original-Ton Nörgel-Bärbel.

Sie ist übrigens meine Schwägerin zweiten Grades, also angeheiratete Verwandtschaft. Genauer: Die Schwester der Frau meines Schwagers. Nicht blutsverwandt – zum Glück – wer weiß, ob Nörgeln erblich ist.

Jedenfalls habe ich diese Zicke und ihren Mann Heinz jedes Jahr zu Weihnachten an der Backe. So auch vergangenes Jahr:

Ich hatte Stunden in der Küche verbracht, um der lieben Verwandtschaft ein leckeres Mahl zu kredenzen. Es gab Entenbraten. Dann sitzen wir alle gemütlich am Tisch. Onkel Hermann grölt schon laut und hämmert auf den Tisch. Meine geliebte Schwippschwägerin nimmt derweil den ersten Bissen, verzieht das Gesicht und nörgelt: „Also deine Sauce, Bibi... na ja, geht so. Ich mache an die Sauce ja immer einen Klacks Orangenmarmelade." Es folgt betretenes Schweigen am Tisch – aber das lässt Bärbel natürlich nicht auf sich sitzen. Darum noch lauter zu ihrem Mann Heinz – und damit es auch alle hören: „Nicht wahr, Heinzi, mit Orange schmeckt's besser, oder?" Touché!

Heinzi, das Schaf, muss ihr natürlich recht geben. Er muss ihr immer recht geben: Bei ihr schmeckt die Sauce besser, der Entenbraten und auch der Nachtisch – überhaupt alles ist bei Bärbel besser. Nur sie selbst ist ungenießbar. Denn, wer immerzu nörgelt, wird auf lange Sicht unerträglich.

Ich will mal so sagen: Wer in jeder Suppe ein Haar sucht – soll dran ersticken!

Aber Nörgel-Bärbel lebt leider immer noch – jedenfalls bis zum ersten Weihnachtstag. Ich schwöre, dieses Jahr bringe ich sie um – noch vor dem Dessert! Oder ich begehe Selbstmord: Ich knüpfe mich vor ihren Augen ganz theatralisch an unserer schief gewachsenen Tanne auf.

Ach nee – dann ruft sie bestimmt: „Bibi, der Knoten sitzt schief!" – und Heinzi, das Schaf, gibt ihr natürlich recht. Nach dem Motto: „Ja Bärbel, du kannst bessere Knoten machen."

Ich verstehe ja sowieso nicht, warum so unerträgliche Frauen wie Bärbel immer die gutmütigsten Ehemänner haben. Das scheint ein Naturgesetz zu sein. Es gilt übrigens auch andersherum: Die nettesten Frauen haben oft die schrecklichsten Männer.

Ich überlege gerade, wie das eigentlich bei uns verteilt ist...

Ach ja, die liebe Verwandtschaft. Aber was wäre Weihnachten ohne sie? Irgendwann sitze ich vielleicht mit meinem Mann allein unter dem Weihnachtsbaum, wir erzählen uns Onkel Hermanns alte Zoten, lachen über Nörgel-Bärbels bissige Kommentare und schwelgen in Erinnerungen an unsere Kindheit.
Denn die schönsten Weihnachtsfeste erlebt man doch als Kind und junge Eltern.

53. Weihnachten im Stall

Mit meinen beiden Geschwistern bin ich unter dem Reetdach eines alten Bauernhofes aufgewachsen. Noch heute verbinde ich bestimmte Geräusche und Gerüche mit dieser unbeschwerten Zeit. Und jedes Jahr werden ganz besondere Erinnerungen an die Weihnachtsfeste auf Hof Gronau wach.

Ich sehe meine Mutter in der alten Küche drei Körbchen mit altem Brot, Karotten und Äpfeln befüllen: das Festmahl für die Tiere. Vor unserer Bescherung mussten wir Kinder die Tiere bescheren. So war es auf Hof Gronau seit Generationen Brauch.

Bebend vor Erwartung, was der Weihnachtsmann uns wohl bringen werde, liefen wir in den Stall. Dort herrschte friedliche Abendruhe. Die Kühe hatten sich wiederkäuend und schnaubend niedergelegt, die zwei Heidschnucken „Hansi" und „Maria", die wir mit der Flasche großgezogen hatten, lagen im Stroh, und die Sauen säugten leise grunzend ihre Ferkel. Nur unser geliebtes Kaninchen „Mungi", das den Winter stets freilaufend im Stall verbrachte, kam uns vergnügt entgegen gehoppelt. Heiligabend.

Der Stallduft, die friedliche Stimmung der Tiere – dazu unsere Ungeduld und kindliche Vorfreude. Wir wussten: Erst wenn der Weihnachtsmann an das Stalltor klopft, dürfen wir zurück ins Haus. Und er kam immer überraschend, dieser so innig herbeigesehnte Moment. Jedes Mal erschreckte uns das laute Bollern, das die alte Holztür und uns erzittern ließ. Dieses Grollen fuhr uns in die Glieder – schaurig schön.

Erwartungsfroh, alles vergessend, rannten wir drei um die Wette in die Stube. Unsere bange Frage lautete: „Wo ist er?" Jedes Jahr gab unsere Mutter dieselbe Antwort: „Ihr habt den Weihnachtsmann knapp verpasst. Er musste weiter, hat ja noch so viele Kinder zu bescheren. Vielleicht nächstes Jahr..."

Auch als wir längst groß waren und schon lange nicht mehr an den Weihnachtsmann glaubten, wurde dieser Brauch fortgesetzt. Wir bestanden sogar darauf. Denn trotz unseres Wissens verlor das laute Bollern nicht seinen Zauber.

Viele Jahre später wurde dieser Zauber wiedererweckt. Ich war inzwischen selbst Mutter. Den Heiligen Abend verbrachten wir auf dem Hof meiner Eltern. Ich befüllte drei Körbchen mit Äpfeln, Karotten und altem Brot für die Tiere und verteilte sie an meine Kinder und meine Nichte. Mit roten Bäckchen bebend vor Erwartung, liefen sie in den Stall, um die Tiere zu bescheren.

Mir fiel in dieser Zeit die Rolle des Weihnachtsmannes zu. Bewaffnet mit einem Fleischklopfer, schlich ich ums Haus zum großen Stalltor. Dort wartete ich herzklopfend den passenden Moment ab, holte aus und donnerte laut gegen das alte Holz. Dieses Bollern: schaurig schön – dieser unauslöschliche Zauber meiner Kindheit.

Diese besonderen weihnachtlichen Kindheitserinnerungen, die jeder in seinem Herzen hütet, möchte ich hier zum Schluss in einem Gedicht zum Ausdruck bringen.

Erinnerungen

Noch einmal möcht ich vor dem Baum
stehen wie im Kindertraum,
mich im Lichterglanz verlieren,
noch einmal diesen Zauber spüren.

Von Mutters Plätzchen heimlich naschen
und wie als Kind so herzhaft lachen.
Hinter kleine Türchen schauen,
Schlösser mir aus Wünschen bauen.

Mit allen Sinnen Schnee aufwühlen,
noch einmal dieses Kribbeln fühlen,
wenn kleine Hände glücklich frieren,
weil sie das erste Weiß berühren.

Vor Erwartung möcht' ich beben
wie im Fieber – alles noch einmal erleben.
Diesen Kitzel aufzuwecken,
in dem die Kindheitsträume stecken.

Dies Gefühl kommt nicht zurück,
viel zu weit – sind Jahre mir entrückt.
Doch eine Ahnung blieb im Herzen,
leuchtet hell wie Weihnachtskerzen.

Was ich noch zu sagen hätte...

Das Beste kommt zum Schluss, heißt es. Quatsch! Das Beste kommt nie zum Schluss – es findet sich vielmehr auf dem Weg dorthin. Das Glück liegt am Wegesrand, überfällt uns stets unerwartet. Wenn wir gar nicht damit rechnen, springt es uns an. Es sind die kleinen beglückenden Momente, gemeinsame Erlebnisse – nichts Großes, das unser Leben lebenswert macht.

Manchmal wird das Beste erst im Rückspiegel sichtbar: Selbst Missgeschicke, Peinlichkeiten oder brenzlige Situationen, die wir erfolgreich gemeistert haben, verwandeln sich auf wundersame Weise in Positives. Im Nachhinein in eine lustige Geschichte gekleidet, erscheint das vermeintliche Unglück plötzlich als Glück.

Der Humor ist erfunden worden, damit wir das Leben, unsere Mitmenschen und vor allem uns selbst ertragen können – so sehe ich das.

Wenn es mir mit diesem Buch gelungen sein sollte, Euch Mädels (und vielleicht den einen oder anderen Mann) zum Lachen und zum Nachdenken zu bringen, wäre ich glücklich. Und wenn ich Euch an mancher Stelle berühren konnte, umso besser.
Ein Jahr ist vorbei, ein neues beginnt, macht das Beste daraus, und vielleicht sehen wir uns dann bei einem Mädelsabend – ich würde mich freuen.

Eure Bibi Maaß

Dieses Buch ist meinem Publikum gewidmet, all jenen, die mit ihrem Applaus meine Endorphine freigesetzt und mich ermutigt haben.

Ein besonderer Dank geht an meinen literarischen Sachverständigen-Rat, an meine Tochter für ihre Unterstützung und an Kim Jessen für die Gestaltung des Covers.

Demnächst erscheint bei tredition.de
ein Gedichtband von Bibi Maaß mit dem Titel:

„Die liebestolle Weihnachtsgans".

Infos: www.bibi-maass.de

Zeitfracht Medien GmbH
Ferdinand-Jühlke-Straße 7
99095 Erfurt, Deutschland
produktsicherheit@kolibri360.de